てのひら開拓村で
異世界建国記
～増えてく嫁た
のんびり
無人島ライフ～
6
Hoshizaki Kon
星崎崑
Illustration
あるや

「……アビスさんって、お兄ちゃんのことどう思ってるんです？」

「……マスタのこと？
誰よりも大切な人」

レイラ
「なら荷をすべて頂くっス。
素直に寄越すのであれば
命だけは助けてやる……っス」

男たちが一斉に武器を抜き
こちらに向けてくる。
やはりというか、
残念ながら
海賊だったらしい。

ルキア
戦士君

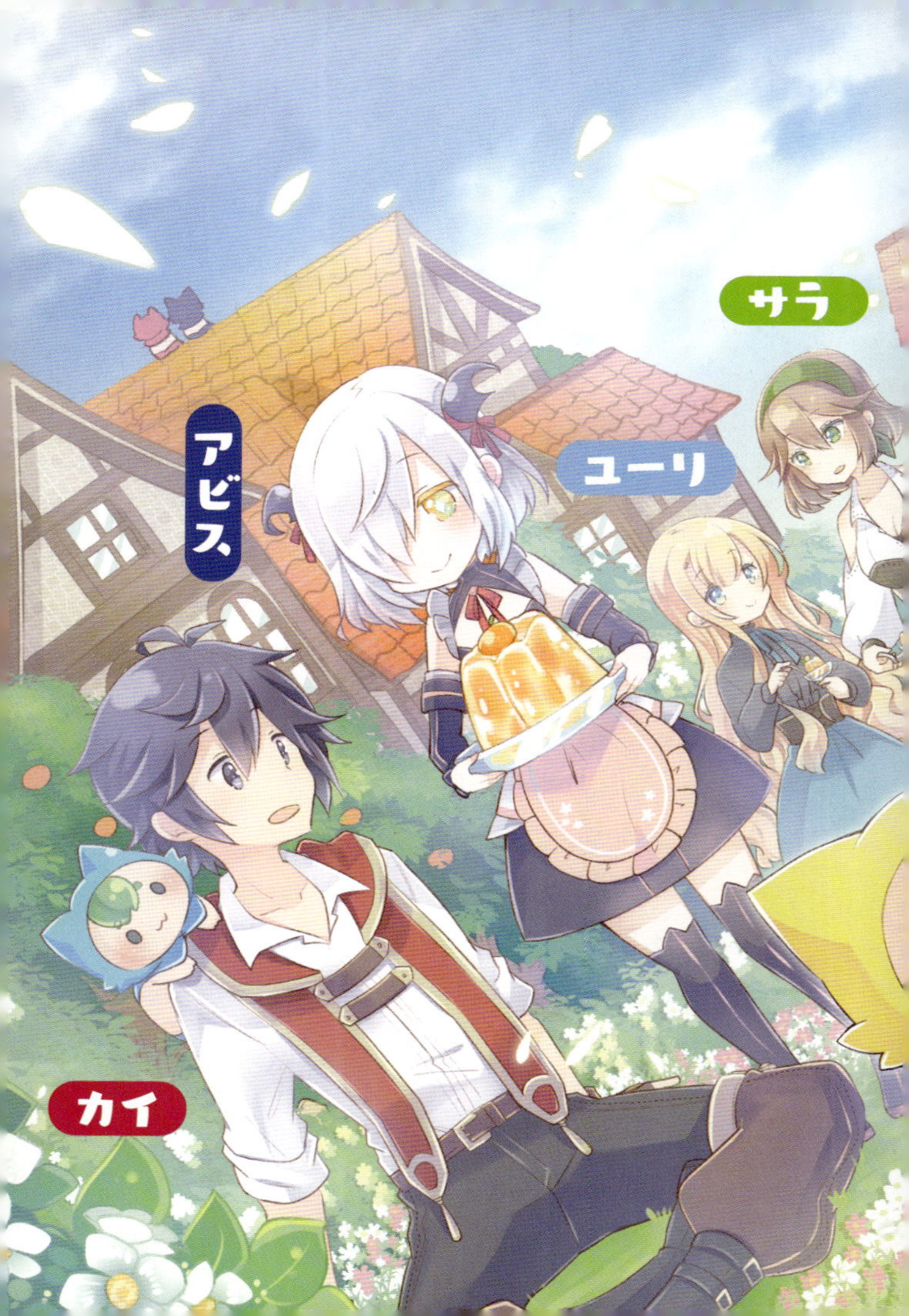
サラ
アビス
ユーリ
カイ

CONTENTS

てのひら開拓村で異世界建国記6
～増えてく嫁たちとのんびり無人島ライフ～

星崎 崑

MF文庫J

口絵・本文イラスト●あるや

プロローグ

「あー！　部屋にいないと思ったら、また！」

突然の大声に驚いて俺は目を覚ました。

部屋に差し込む光の薄暗さからみて、まだ日が昇るかどうかという時間だろうか。

声のほうへ顔を向けると、ユーリがベッドの脇で仁王立ちをしてこちらを睨《にら》んでいた。

いや、厳密には俺ではなく、俺の隣か。

「何度言ったらわかるんですか！　妹だからといって無法は許されませんよ、無法は！」

「ん〜？　ああ、おはようございます。ユーリセシルさん。どうしたんですか？　そんなに血相変えて？」

俺の隣で眠っていたルキアが、わざとらしく俺に身体《からだ》をすりよせる。

そして余裕たっぷりに微笑。まるでユーリを挑発するかのようだ。

ユーリはそれを見て、顔を真っ赤にして肩を怒らせた。

「ルキアさん！　あなたね、カイ様との同衾《どうきん》は禁止という話になったでしょう？　それなのに、これで三回目ですよ？　ずっと離れ離れだったからと、今までは許してきましたが、今度という今度は……」

「え、いや、俺その話聞いてなかったけど……」

もうお互い好い歳《いとし》だから節度を守って――だとか、いい加減兄離れしろ――だとか、そんなことは前に言ってたような気もするが……禁止令が出ていたとは。

「そうそう、兄に話を通してないなら無効ですよ、無効」

俺が擁護したからか、さっきよりも身体《からだ》を押し付けてンベッと舌を出すルキア。さすがに、その態度はどうかと思うが、ルキアは止まらない。

「それに別にいいじゃないですか。仲の良い兄妹《きょうだい》は一緒に寝るものなんですよ？　むしろユーリセシルさんは、兄妹間のことに立入りすぎなのでは？」

なるほど、確かに実家にいたころは、一緒に寝ていた。

というか、親父《おやじ》が別々のベッドを用意してからも、いろいろ理由を付けてルキアは俺のベッドにもぐりこんできていた。

きっと、ルキアの中では兄妹で一緒に寝るというのは、大事なことなのだろう。

「今まで通りのこと」をなぜ禁止されなきゃならないのか？　といったところか。

……まあ、さすがにそろそろ兄離れの時期じゃないのかなとも、思ったりもするが。

「いいえ、私たちの間で決まったルールですから、守ってもらいます。そうでなければ、たとえカイ様の妹といえど、この屋敷には住まわせません」

ルキアの意見など一顧だにせず、キッパリ言い放つユーリ。

目が本気だ。どうやら、けっこうガチな話のようである。

「わ〜ん、お兄ちゃん、あの人がいじわる言うの。なんとかして〜」

そんなユーリの視線から逃れるようにして、わざとらしく抱き着き甘えてくるルキア。

もともと、妹はこういう感じといえば、こういう感じだったが、再会してからはむしろ子どもっぽくなった印象すら受ける。

見た目は、ユーリと比べても遜色ないくらい成長しているのに。

「ユーリ、屋敷に住まわせないってのは、ちょっと厳しすぎるんじゃないか？」

「カイ様！　ルキアさんに甘すぎですわよ。どう考えたって、もう兄妹で一緒に寝るような年齢ではないでしょうに……。国民にも誤解されますわよ？」

「ん……まあ、そう言われてみればそうだな……」

ルキアが一緒に寝たがるからつい許してしまっていたが、確かにそろそろ切り替えたほうがいいのかもしれない。もう俺も十五歳だ。ルキアも同じくらいだろう。

前世なら、高校生の兄妹ということになる。一緒に寝てるのは変か。

「……羨ましいだけのくせに」

ルキアがボソッと呟《つぶや》く。

「な・に・か・言・い・ま・し・た？」

ひえっ、顔は笑顔だけど頬《ほお》が引きつってる！

「いいえー？」

そんなユーリに対しても、ルキアは涼しい顔だ。

「それ、に！　ルキアさんには、外交の席でも恥ずかしくないよう、今日から教育を受けていただきます。なんといっても、国王の妹君なのですからね！」

朝からテンション高めのユーリの提案に、ルキアは「えー」と不満そうな声を漏らした。

「私、マナーとかわかりますよ？　神官としての基礎教育だって受けてるんですから」

ルキアは俺の胸に頭を乗せた状態で言った。

見習い神官として二年間も修道院で勉強したらしい。そこで基本的なことは学んでいるなら、確かにそのへんの村娘よりかは礼儀もできているだろう。

起き上がる気配のないルキアにこめかみをピクピクさせながら、ユーリは答えた。

「マナーだけではありません。どちらかといえば、貴族としての立ち居振る舞いを覚えていただきます。国と謳《うた》ってみたところで、田舎者と侮られては外交は成し得ないものですから」

貴族か……。

まあ、確かに他国と交渉する場面で王族や貴族だったユーリやエドワードの知識は頼りになるだろう。俺とルキアも、恥ずかしくない振る舞いは身に着けたほうがいいというのも理解できる。

「……まあ、まずは兄と妹は同衾《どうきん》してはならないというところから、教えなければならないようですけどね……。さあ、いつまで寝ておりますの？　カイ様も」

「あっ、ああ」

言われて身を起こすと、やれやれといった風にルキアも起き上がった。

身体《からだ》に掛かっていたシーツが落ちる。

「ちょ！　ちょっと！　なんで、裸なんですの！」

やおら身を起こした俺たちの姿を見て、ユーリは素っ頓狂な声を上げた。

横を見ると、素っ裸のルキアが見せつけるように腕を上げて伸びをしていて、俺は顔をそむけた。

「お前、また裸で寝たのか。風邪ひくからやめろって言ったろ」

「えー。だって私ずっと裸で寝てたから、習慣になっちゃってるんだもん。寝てる間に脱いじゃったみたい」

おどけて、てへーと笑いげんこつを頭にぶつける仕草をするルキア。

いまさら妹の裸を見たからといってどうということもないが、それでもなんだか悪いことをしている気分にはなる。

「子どものころは、ちゃんとパジャマ着てたのになぁ……」

まあ、前世でも裸で寝るのってわりとポピュラーだって話だったから、ルキアがそうだったとしても不思議ではないのかもしれないが……。てか、修道院時代にそうなったのだろうか。修道院なんていうとお堅いイメージだけど、そうでもないのか？

ルキアはそれこそ赤ちゃんみたいなころから一緒で、半分娘のような感覚だから変な気持ちにはならないけれど、年頃の娘の行動としてはアウトだろう。ユーリが引き離したがるのもわかる。

「カイ様、その子は誘惑しようと、わざとやってるんですわよ」

ユーリがボソッと呟《つぶや》く。

「な・に・か・言・い・ま・し・た？」

今度はルキアが、とびっきりの笑顔をユーリに向けた。なんなのこの二人。

てか、妹が兄を誘惑してどうする。

「いいから、ルーはちゃんと服を着ろ」

「はーい」

「ユーリも、ルキアには厳しく言っておくから」

「……ま、とりあえずカイ様がわかってくれただけでも、前進ですわね」

その後、脱ぎ散らかしてあったパジャマを着たルキアは、ユーリの横を通り過ぎる際に、なにやら挑戦的な視線を送りながら出て行った。

「……ユーリ。ルーとなんかあったのか？　変だろ、あいつ」

「別になにもありませんわよ？　ただ……お互い、本能的に相容《あいい》れないものを感じているのかもしれません。まあ、いずれは正式に私の『妹』になるわけですから。仲良くさせていただくつもりですけれど」

なぜか妙に「妹」を強調して言うユーリ。

……まあ、とにかく仲良くしてくれれば個人的には言うことはない。

第一章

その日、突風と言ってもいいほどの潮風を浴びながら俺は、海の上にいた。

紆余曲折《うよきょくせつ》の末、神殿からルキアを取り戻したばかりだったが、なるべく早く試しておきたいことがあったからだ。

海上は風を遮るものがないから、下手をしたら身体《からだ》ごと飛ばされてしまいそうな強さの風が吹く。戦士君なら、本当に飛んでいっても不思議ではない。

「じゃあ、こっちの帆を張るぞー！　そっちの縄持ってて」

「オサッ！」

帆の操作のために一緒に搭乗していた戦士君が元気に返事をする。

帆船の帆の操作は複雑だ。風向きによって、帆の向きを変えて望む方向へ進もうというのだから当然である。まだ慣れていないから、頭がだいぶこんがらがるが、上手《うま》く帆に風を捕らえると手漕《てこ》ぎとは比べ物にならない速度が出る。

しかも、この船はライムリーグ帝国海軍のものを失敬した本物の軍船だ。俺がうろ覚え以下の知識で作った船とは、比べ物にならないほどしっかりしている。

「オサオサー！」

「おおー」

斜め後ろからの風を帆に受けて望む方向へ進むことに成功。

風が強いからか、スピードもなかなかのものだ。

ただ、やはり帆船の操作は難しく人手も必要。戦士君たちは力はあるけれど、ロープの操作のような複雑なものはあまり得意ではない。

荒れ狂うような風を受けて奔《はし》る船の上で、今後のことを考える。


俺がこの島に連れてこられて三年と少し。

紆余曲折あったが、俺――いや、俺たちは無事にルキアを神殿から奪還し、こちらは半ば余禄《よろく》のようなものだが、島も国として認めさせることに成功した。

実際には神殿を騙《だま》した形ではあるが、書類は本物。

神殿が騙されたことに気付くまでは、しばらく時間がかかるだろう。俺たちは、それまでの間に国として盤石な体制を作ればいい。

元々、見つかればどうなるかわからない身の上。

国として堂々と他国と交易を行い認知されれば、神殿もおいそれと武力行使に及ぶことはできないだろう。他国との交易そのものが、神殿に対してのカウンターパワーになる。

「……ま、あくまで理想論でしかないけど」

神殿に対しての立場は、「俺たちの存在が知られた」のと「神返りで魔女もろとも滅んだと見せかけることに成功した」の二つでイーブンといったところか。

まあ、連中はルキアの「神返り」の影響が島に残っていると思い込んでいるわけで、しばらくは島に近寄らないだろう。それが、半年か一年かはわからないが、それだけあれば国を強固にするには十分だ。

普通なら難しいだろうが、俺の能力があれば不可能ではない。頼りになる仲間だってたくさんいる。

とはいえ、足りないものも多いのだが、それはそれだ。最善を尽くすしかない。

「……最善、か」

船に揺られながら、ひとり呟《つぶや》く。

俺は先日、ビーエと話した時のことを思い出していた。


……

…………

……………

「どうせ、近いうちにこの世界は滅びる。その運命から逃れる術《すべ》はないからですよ」

ビーエは表情を変えずに、静かにそう言った。

なぜ、自分たちにとって不利な事実も隠さず真実を喋《しゃべ》ったのか。

問い詰めた俺に対しての返答だ。

「世界が……？　嘘《うそ》だろ……」

つい、そう口に出してしまったが、嘘のはずがない。

なぜなら、ビーエはずっと真実だけを喋っていたのだから。

「こんな嘘をつく必要はないと、あなたならわかるはずでしょう」

「どうだろうな……。俺たちがそれを真に受けて、自暴自棄になってお前を解放するのを期待しているのかも」

「そんな回りくどいことはしませんよ」

この男は、世界最大の宗教団体であるファーレー教で、たった一人の特級審問官。

そして、未来が見えるという「運命の神」の祝福者である。

ならばやはり真実なのか……。

「滅びるったって、どういう風に滅びるんだ？　神の怒りに触れて、人類に裁きでも下るのか。それとも単純に天変地異か、デカい戦争でも起こるのか」

アラミラが本当に「神」なのかどうかは知らないが、「神」の如《ごと》き存在であるのは間違いないだろう。だとすれば、何が起こってもおかしくない。

例えば、世界の滅びを望むアラミラの祝福者が現れれば、この世界が滅びるのは簡単なことのような気もする。

「世界中の空気を無くす能力」でも、「巨大隕石《いんせき》を落とす能力」でも、「太陽を破壊する能力」でもいい。

人類を滅ぼすことそのものは、けっこう単純な力で可能なのだ。

全世界へ波及するアーサーの能力のほうが、よほど複雑で規模が大きい。

そして、アラミラがそういう危険思想を持った者に力を与えないとは限らない。

戦争で世界が滅ぶというより、より現実的に思える。

一瞬でいろんな可能性が脳裏に浮かんだが、ビーエの答えに俺は肩透かしを食らった。

「わかりません。どういう風に滅びるかまでは」

「はぁ？　ずいぶん曖昧なんだな。時期は？」

「時期も……近いうちとしか」

「近いったって、いろいろあるだろう。一年以内ぐらいか？」

「私が、その未来を見てから、もう数年経《た》ちます。ですが、まだ滅びの兆候は見られない……あるいは、あなたが世界を滅ぼすんですか？」

「そんなわけあるかよ」

雲を掴《つか》むような話だ。

つまり「滅亡」という決定的な未来だけが見えていて、時期や理由はさっぱりわからないということ。

対策のしようがないのに、確定した未来だけ見えてるのはキツいだろう。やさぐれる気持ちもわからなくもない。

とはいえ、ビーエのこの予言は、どうでもいいといえばどうでもいい話だ。

対策の打ちようがないし、時期がわからないんじゃ、それこそ「あなたはいずれ死にます！」と宣言されたのと等しい。

そりゃ、人はいつか死ぬ。だが、そんなのは予言されるまでもなく、最初から──それこそ生まれた瞬間から、確定していることなのだ。

「……驚かないんですね」

「いや、驚いてはいるよ。でも滅びるのは『世界』なんだろ？　全員死ぬんなら、まあもう仕方ないとしか言いようがないんじゃないか」

「普通は、そんな反応しませんよ……」

俺は一度死んでいる。前世で「長くは生きられない」と宣告されて、徐々に弱っていき、そして死んだ。そういう経験があるから「いずれ死にますよ」という状態に慣れている可能性はある。

いや、もちろん死にたくはないのだが、衝撃を受けるほどでもないというか……。

前世でも、世界が滅びるなんて話は何度か聞いたし、本当に滅びるとしても「その時」

が来てから考える以外にない。

「じゃあ、せめてお前はその未来の『時期』と、なによりも『理由』がわかるように、能力を研鑽《けんさん》してくれ。理由さえわかれば対策が打てるし、もしかすれば回避できる可能性だってあるんだろう」

「前向きなんですね」

「そうかもな。まあ未来がどうであろうと、精一杯生きる以外ないだろ」

俺がそう答えると、ビーエは驚いたような顔をした。

「……あなたのように心が強ければよかったんですけどね。私は、その未来を受け止めるには心が弱すぎた。どうして、そんなに強くなれるんですか？」

強く……か。強くなければ、この島に捨てられて生き抜くことなどできなかっただろう。

いつか世界が滅びるというのならば、その時まで精一杯生きる。

胸を張って、今を楽しむ。俺にできるのはそれだけだ。

前世では、なにもできなかった分、今生では楽しいことをたくさんすると決めたのだ。

たかが、未来の予言如《ごと》きでそれを諦めるなんて選択肢はない。

「やっぱり一回死ぬことだよ。一度死ねば、生きていることの価値がわかるさ」

俺は冗談めかして答えて、部屋を出た。

…………………

……

「滅びの未来を見てしまうなんて、未来を見る能力者はハズレ枠だよなぁ……」

俺も前世ならば未来視に一定の憧れを持ったのかもしれないが、今となってはいらない能力という気がしてならない。

良い未来ならばともかく、悪い未来を見てしまった場合、絶望しかないからだ。

逆に未来を自分で切り開いていくのならば、能力なんてなくても「良い未来」を見ることはできる。

まあ、宝くじの当選番号がわかるとか、そういう細かいものが見える能力であるならまだ良い。だが、ビーエのは漠然とした未来がわかるだけのようなので、無駄に不安を煽《あお》るだけの微妙な能力だ。

「……ただ、まあ。せっかくの情報ではある」

どういう風に滅びるのかはわからないが、戦争や祝福者由来のものなら、対処したり、あるいは先送りにしたりできるのかもしれない。

世界単位となれば、自分にできることは限られているのだろうが、一応頭に留《とど》めておくことにしよう。

とりあえず、世界が滅びるという話は、俺と、一緒に聞いていたレンだけの秘密にする。みんながそれを知る必要はないし、知ったところでマイナスでしかない。

ビーエにもしっかり口止めをしておかなければ。

「……おーい、そろそろいったん帆を畳んで帰るぞー」

俺は戦士君たちに指示を出した。

戦士君たちが、手分けをして帆を畳んでいく。やはりロープを外したり結んだりするのは苦手らしく、俺も一緒に作業をした。

その後、甲板の下に降り、オールを漕《こ》いで島へと戻る。

この軍船は、帆船でありながら、何十本もの櫂《かい》を使って進むこともできる方式なのだ。

それほど沖には出ていないから、戦士君たちの帰巣本能で島まで戻れるだろう。

ちなみに、今日、船で外に出たのは帆船での航行の練習のためだったのだが、やはり知識なしでは難しかった。

風が吹いている方向に向かって進むのならともかく、横向きの風や、向かい風に向かって進むのは、かなり複雑な帆の操作が必要だし、今日のように風が強い日ならいいが、そうでない日は漂流みたいな状況になるだろう。

いずれは習得すべき技術なのかもしれないが、一隻や二隻運用するだけなら、戦士君のパワーで進むスタイルか、風魔法を帆に受けて進むスタイルで十分だ。

最強は、やはりカエデの能力で命を与える方法である。

特に、カエデの力を使った船は前世の高速船と比べても遜色ない速度が出せる上に、燃料もいらないという、まさしくチート級の代物。

あれを一度味わってしまうと、帆や櫂《かい》で進む船は遅く感じて仕方がない。

「ま、船に関しては外の技術……いや、商人を入れるしかないだろうな」

この島を国にするならば、船は必須となるが、さしあたりは俺の能力とカエデの能力の二枚看板で乗り切って、船をたくさん持っている大商人と契約するなりして国を認知させていく方向でいくのがいいだろう。こちらから売り込みに行くというより、向こうから来てもらうようにするわけだ。

それに船だけでなく、人も足りてない。

これからこの島をどういう国にしていきたいかも含めて、早めに決めていかなければ。

◇◆◆◆◇

「あー！　お兄ちゃん、やっと帰ってきた！」

船を南の入り江に着けると、桟橋のところでルキアとアビスが待っていた。

昨晩はルキアにせがまれて一緒に寝たのだが、朝、安心しきった顔で寝ていたので起こすのが可哀想《かわいそう》になり、そのまま出てきたのだ。

俺が船でちょっと外に出ることは、サラに言ってあったので、ルキアは起きてから探し回ったか、サラを捕まえて訊《き》き出したかしたのだろう。アビスは途中で合流したのかな？

俺は船を手早く開拓村へ収納した。今、島にあるマトモな船はこの軍船一隻なので、大切に扱わねばならないのだ。外に出しておくと傷むので、使う時だけ出すようにしているのだ。

「お兄ちゃん！　どっか行くなら私も連れてってって言ってあったのに！」

「いや、ちょっとしたテストで外に出てただけだからさ。危険もあったし」

自分と戦士君だけで帆船の航行ができるのか試しておきたかったのだ。さすがに沈没はないだろうが、船上ではなにがあるかわからない。

そういうわけで、一人で行ったのだが、

「……マスタ。危険があるなら、なおさら私も連れてって欲しい」

アビスにも注意——いや、お願いされてしまった。

まあ、確かにアビスは連れて行っても良かったかもしれない。

「了解。まあ、とりあえずテストは済んだから。やっぱ、帆船は難しいよ。ちゃんとした水夫を雇ったほうが早そうだ」

「オサオサ」

横にいた戦士君たちも肯《うなず》き同意を示す。

パワフルな戦士君たちはオール漕《こ》ぎに関しては百人力だが、やはりロープワークが苦手なのだ。ていうか、俺もまだうろ覚えだ。結び方の種類も多いしな。

「お兄ちゃん、ごはんは？」

ルキアが俺の左腕にしがみつきながら訊《き》いてくる。

「そういえば、まだだな」

「ちゃんと食べなきゃダメだよ、マスタ」

ルキアの真似《まね》なのか、アビスが右腕にしがみつく。両手に花状態だ。

その様子をルキアが半眼で見つめていた。視線を感じたのか、アビスも特に表情を変えずに見つめ返した。

「ルキア？　どうした？」

「……アビスさんって、お兄ちゃんのことどう思ってるんです？」

いきなりルキアは、そんなことを訊いた。

「……マスタのこと？　誰よりも大切な人」

「好きってことですか？　男性として？」

「……うん」

はっきりと言い切るアビス。

えっ？　あれ？　アビスって俺のことそういう風に思ってたの？

……いや、質問の意味がわかってないだけだろうな、きっと。

「お兄ちゃんは、アビスさんのことどう思っているの？」

「どうって、そりゃ好きだよ。まあ、アビスのことに関しては、ちょっと説明が必要かもしれないけど」

ルキアには、アビスのことを簡単には説明してある。

だが、千年前の人造人間《レプリカント》だとは、まだちゃんと説明していないのだ。

「……こんな、ちっちゃい子が趣味なんですか？」

そう。ちゃんと説明してないから、こうなる。

今のアビスは、通常モードだから子どもの姿なのだ。好きは好きだが、そういう意味に取られると困る。

「……私、ちっちゃくないよ？　ほら」

アビスはそう言うが早いか、子どもモードから大人モードに身体《からだ》を変化させた。

大人モードのアビスは、一口で言うと、とてもグラマラスだ。子どもモードの時とのギャップが凄《すご》い。

言葉を失い目を白黒させるルキア。

「ちっちゃくないでしょう？」

少し挑発的に俺の右腕に身体《からだ》を押し付けながら、そんなことを言う。

確かに小さくない。むしろ大きい。いや、どこがって話じゃなく。

「ぐ……ぐぬぬ……。負けた……」

「いやいやいや。普通、アビスが大きくなったことに驚かないか？」

「あ、ええ。それ自体は知っていましたから」

「見たことあったっけ？」

ルキアがこの島に来てからまだ数日しか経《た》っていないが、どこかで見たのだろう。

それか、セレスティアルにも子どもモードがあって、それを見ていたのかもしれない。

いずれにせよ、アビスのことはルキアに知っておいて欲しかったので、村への道すがら、
俺とアビスとの出会いから今までのことを話した。

「アビスさん。兄を守ってくれて、ありがとうございます」

すべてを話し終えた後、ルキアは改まってアビスに頭を下げた。

「もしアビスさんがいなかったら、兄は死んでいた。そしたら、私も生きる意味を失って
いたと思います。だから、アビスさんは兄にとっても、私にとっても命の恩人です」

「……それは私だって同じだよ？　マスタに会えなければ、私は死んでいるのと同じだっ
た。マスタが私に命をくれたんだ」

「じゃあ、私たち仲間ですね」

ルキアがアビスの手を握り笑い合う。

ルキアは、神殿の内部にいたから、ファーレー教の悪魔の見た目をしているアビスと仲良くなれるか心配だったのだが、どうやら杞憂《きゆう》だったようだ。

その後、俺はルキアを正式にみんなに紹介した。主要メンバーには紹介してあったが、近衛《このえ》隊や鳥人たちへの紹介はまだだったのだ。

ルキアは大神殿にいたからか、俺の置かれた状況に妙に詳しく、あまり多くを説明してないのに、すぐに状況を飲み込み、みんなと仲良くなるのも早かった。

俺と違ってルキアは社交的だし、特に心配はいらないようだ。


「あ、そうだルキア、ちょっといいか」

ルキアの紹介を兼ねた昼食会を終えてから、俺はルキアを呼び出した。

「兄さん、どうしました？」

キリっとした様子でやってくるルキア。どうやら、人が大勢いる時と二人でいる時とで、態度を変えているらしい。大人ぶりたいお年頃なのかも。

「お前の友達が神殿の謀略で島に連れて来られてるって話したろ。どうすべきか決めたから、会いにいくぞ」

「そういえばクレアとイブが来ているんでしたね」

「ずいぶん軽いな。友達じゃないのか？」

「友達ですけど……ちょっと困るな、と……。だって、帰すわけにもいかないでしょう？」

「まあ、そうだな」

現在、俺たちは神殿から「全員滅んだ」と考えられている。

だから、死んだはずの人間を帰すということは、せっかく欺いているのに「滅んでないですよ」と知らせてしまうことになる。

だから、せめてもうしばらくは、クレアもイブも島にいてもらうか、そうでないならどこかの土地で祝福者であることを伏せて暮らしてもらうしかない。

「とにかく会ってみてくれ。ルキアの友達だっていう話も、あくまで彼女らの自称だからな。もしかしたら、全然知らない人という可能性もゼロじゃないだろう」

軟禁している家は、わざわざ軟禁用に作ってあったもので、今はクレアとイブとマリエラが三人で暮らしている。

外には出ないように戦士君たちが見張っているが、家の中では自由にさせているし、食事もちゃんとしたものを運んでいるから、健康面では問題ないだろう。

玄関扉をノックすると、すぐに返事があった。

「はいはーい。大絶賛監禁中のマリエラ様になんの御用ですかァ～？」

中から出てきたのはマリエラだった。

服も神官服でなく、こちらが支給したラフな普段着だ。

「お前は本当にブレないな」

「なんだ、あんたか。……って、ルキア・ハスクバーナ！　あんたね――――！」

俺の後ろにいたルキアを見つけて、即詰め寄るマリエラ。

「あんたが、あの時『時止め』を自分にかけたから、私はこんなことになったのよ！　どうしてくれんのよ！　私の人生滅茶苦茶《めちゃくちゃ》じゃない！」

「ごっ、ごめんなさい」

マリエラの剣幕《けんまく》に、反射的に謝るルキア。

「それがなくても、こいつの人生は滅茶苦茶だったと思うぞ、ルキア」

「うっさい！　元々あんたが元凶なのよ！」

「まず自分の非を認めるところからスタートしたほうがいいぞ……お前は」

マリエラが騒ぐ声が響いたからか、部屋からクレアとイブが顔を出した。

「どうしたんですか？　……あっ、ルキア様！」

「……ほんとだ、ルキア様だ。じゃあ、その人がお兄さんだっていうの本当だったの？」

「クレア！　イブ！　久しぶりね。元気にしてた？　……ってのも変ね。私のせいで、変なことに巻き込ませちゃったわね」

「ルキア様は被害者じゃないですか！　私たち、神殿がこんな組織だって知らなくて……お兄さんがなんとかしてくれなかったら、殺されてたんでしょう？」

「ん？　そのへん、詳しく話してなかったはずだけど……」

いろいろやることが多くて、正直クレアとイブについては、後回しにしていたのだ。

全然、状況がわからないまま部屋に閉じ込められていたはずだが……。

「……うるさいから私が全部説明しといたのよ。まったく、なんで私があんたの擁護みたいなことしなきゃならないんだか」

プイっと横を向くマリエラ。

なるほど、こいつは神殿の筋書きを全部知っているから、説明可能だったか。

自分に有利な説明をしてもよさそうなものだが、それはしなかったらしい。

「……それで、私たちどうなるんですか？」

ひとしきりルキアとの再会を喜んだあと、イブがおずおずと言った。

ここはしっかり説明しておいてあげないと。

「しばらくは島にいてもらうしかないと思う。神殿にもし見つかったら、どうなるかわからない……というか、好ましいことにはならないだろう。どうしても帰りたい理由があるなら、こちらも善処するけど」

人の事情はそれぞれだ。俺が、どうしたって妹を助けたいと思ったように、このクレアとイブにだって、どうしても家に戻りたい事情がないとも限らない。

「い、いえ。私たちも、無理に戻る必要はないって話し合ってたんです。神殿からお金を借りてたけど、死んだことになってるなら、もう返す必要もないんでしょうし……」

「イブも同じ。だから、お兄さん。私たちのことお願いするよ」

二人が頭を下げてくる。この二人は、それぞれ「癒《いや》し」「盾」の神官である。

「まあ、神殿とのことも、ずっとこのままじゃないから。特に「癒し」の神官は貴重だ。二人がいてくれるのは、こちらとしても助かる。ほとぼりが冷めたら家族に会いに行くくらいはできるようにするつもり」

俺がそう言うと、二人はホッとしたような顔をした。さすがに、家族に死んだと思われたままなのは、心苦しいのだろう。

「ん、じゃあもう、クレアとイブは好きに行動していいよ。家はこのまま、ここに住んでもらっていいから。大浴場の使い方とかはまた人をやるから、教わって」

島のこと、知っておいたほうがいいことも多い。大食堂のことや、大浴場のこと。まだまだ、個人単位で完結できる生活はできない。共同体としての生活だ。

まあ、そのへんはおいおい覚えていってくれればいいだろう。

「ねえ！　私は？　私も自由に行動していいんでしょう？」

「マリエラか……。ま、いいよ」

「やったぜ！」

ガッツポーズを作るマリエラ。こいつは、本当にテンションが高いな。

「ただし、見張りの戦士君を二体付ける。戦士君たち、いいかな」

「オサ！」「オサオサー！」

この家の見張りをしてくれていた戦士君にそのまま、マリエラの見張りを頼む。

「もし、マリエラが誰かに術を使ったら、頭かち割っていいから」

「オサオサ！」「オッササー！」

戦士君がビシッと敬礼し、どこからともなく石斧《せきふ》を取り出した。

「ちょちょちょ、ちょっと！　無条件で解放してくれるんじゃないの？」

「条件付きに決まってるだろ。ただ、変なことしなけりゃ問題ないよ。戦士君たちと仲良くしてくれ」

「うーん、いったいなんなのこいつら……」

「オ、オサ～」

戦士君のほっぺたをムニムニしたり、髪を引っ張ったりするマリエラ。確かに、説明なしでは謎生命体としか言いようがない……。まあ、いずれ教えてやればいいか。

「ねえ、お兄ちゃん」

「ん、どうしたー？」

「クレアとイブに話してたけど……家族のこと。……私たちだって、そうだよね？」

うつむき加減で表情は見えないが、ルキアが言いたいことはわかっていた。

俺が島に捨てられて、最初は自分のことで精一杯だった。

次にルキアが危機的な状況にあると知って、助けた。

なら、次はどうするべきか——そういう話だ。

「……一度、無事を伝えに行かなきゃな」

「うん。パパ、お兄ちゃんは行方不明と思ってるだろうけど、私のことはどう伝わってるかわかんないし」

ルキアのことを神殿がどう親父《おやじ》に説明したかは謎だ。

ローザのように「お役目」で戻れないと伝えたのか、それとも——殉教したと伝えたのか。

「どっちにしても、元気な顔を見せて安心させたいな」

俺とルキアは、親父には返しても返しきれない恩がある。

捨てられていた俺とルキアを拾って育ててくれたのは、他ならない親父なのだから。

「親父を島に連れてきて、また家族そろって暮らしてもいいしな。俺が国王になったなんて知ったら、腰を抜かすぞ、きっと」

「あはは、そうだね。……でもパパ、実際は泣き崩れると思うなぁ」

「そうだな……」

親父《おやじ》は、けっこう涙もろいところがあり、頼りないけど優しい男だ。奥さんに先立たれて、一人で大変な身の上なのに、俺たち二人を拾って実の子として育ててくれた。

今ならもう家の場所もわかる。島のことが一段落したら、会いに行こう。

◇◆◆◆◇

「てのひら開拓村！」

ルキアと別れてから、俺は一人で開拓村へと移動した。

開拓村の入り口の立て看板は、現在の開拓村のレベルや村の状況なんかが、ゲームの画面のように記されている。

「なになに……。あ、レベル上がってる」

☆☆☆　てのひら開拓村　☆☆☆
現在のレベルは　41　です。

村の名前は『ハスクバーナ村』です。

開拓度は『中堅交易拠点村』です。

NEXT　LEVEL：「総人口1400人」を達成

レベル40になってから、ルキアの件でゴタゴタしていたが、レベルアップの条件だった「移住者の受け入れ」を達成したことで、また通常のレベルアップ条件へと戻っている。

移住とは文字通り、「開拓村」へ、いや開拓村がある「世界」へ移り住むということだ。

移住者は開拓村だけでなく、村の出口から外の世界へと旅立つこともできるらしい。

俺も開拓村の外がどうなっているのか、果たして他の国があるのか、どれほどの広さがあるのか、どんな人たちがどんな暮らしをしているのか、ほとんどのことを知らない。

自分自身が移住するわけにはいかないから、調べようがないのだ。

「それで、エネル。ずいぶん仲良くなったみたいだな」

「まーねー。やっぱり私ってコミュ力が違うから」

ふふーんと鼻を高くするエネル。屋敷の外にソファとテーブルを持ち出して、四人でお茶を楽しんでいたところのようだ。

エネル、コロモ、シエルの三姉妹。そして、村に移住した「聖女」である。

聖女は、俺たちが暮らしている島に封印されていた若い女性で、名前はまだ聞いていない。聖女というのは、彼女が封印される前の呼称で、なんでも自分の「祝福の能力」を他人に分け与えていたことから、そう呼ばれるようになったのだとか。

しかし、それによって神殿から危険視され魔女と認定、封印されたのだという。

聖女は、綺麗《きれい》なスミレ色の髪を背中まで垂らした美女で、物憂げな表情はなるほど聖女とも魔女ともとれるミステリアスさだ。

俺の突然の登場にも彼女は驚いた様子を見せず、茶菓子なんて摘《つま》んじゃって、まるで我が家のようにくつろいでいる。

「お久しぶりです。ここでの生活はどうですか？」

「お久しぶりってほど、経《た》ってないけど……そうね、エネルさんも、コロモさんも、シエルさんも、私が知らないことをたくさん知ってて、話をしていて飽きないわ。それに、ここでは何の力もない一人の人間でいられるから、居心地がいいみたい。ありがとね、連れてきてくれて」

朗らかに笑う聖女。

封印を解かれたばかりの時は、かなり怖いイメージだったが、今はまるで憑《つ》き物《もの》が取れたかのようだ。

「いえいえ、こちらの都合で連れてきてしまったので、そう言っていただけると助かりますよ。ところで、まだ名前を訊《き》いていませんでした。教えていただいても？」

「ん。私のことは、ステイシーと呼んで。それ以外の名前は捨てたから」

あだ名か何かなのだろうか。まあ、別に名前はなんだっていい。

「ステイシーさんですね。こないだはちゃんと挨拶もしていませんでしたが、これからよろしくお願いします」

俺は頭を下げて、ステイシーの向かいに座った。コロモがお茶を淹《い》れてくれたので、それを一口飲むと、ステイシーが口を開いた。

「カイはアラミラの使徒なのよね？」

彼女はケロっとその名を口にした。神殿がアラミラを禁忌指定したのは、かなり昔からという話だが、彼女の時代である七百年前はまだ、普通にアラミラの名前が知れわたっていたということなのだろうか。

……いや、そうではなく魔女騒動を機にアラミラを禁忌指定にしたのか。

しかも、祝福者ではなく「使徒」呼びだ。

「そうですね。隠しても仕方ありませんから言いますが、この場所がまるごと僕の能力ということになります」

「不思議な能力ね。私もそれなりの数、アラミラの使徒を見てきたけど、こんなすごい能力は初めて。あ、私の能力のことは知ってるんだっけ？」

「詳しくは知らないですね」

「まあ、別に大した力ではないのよ。私の能力名は『完全なる模倣』。能力を真似《まね》して自分のものにする力ね」

スキルをコピーする力。前に聞いていた通りだ。実際、封印を解かれた日、ステイシーは何種類もの能力を同時に使っている。

「確か、能力を分け与えることもできるって聞きましたけど」

「そうね。移譲もできる。でも、それをすると私からはその能力が失われちゃうから。ファーレーの神官から模倣した力だけしか、与えたことないわ」

つまり、ファーレーの神官以外からもコピーできる――アラミラの能力のコピーまで可能――ということだ。どれだけの能力を身体《からだ》の中にため込んでいるのか知らないが、魔女だの聖女だのと言われるだけのことはある。

「能力はあくまで模倣なんですよね？　奪うわけではなく」

「奪う能力だったら、神殿も封印なんて手段を取らずに、私を殺していたでしょうね。だから、安心して？　もし、あなたの能力を借りるとしても、あくまで真似するだけだから」

「まあ、僕の能力の場合、模倣しても旨味《うまみ》ないですし問題ありませんけどね……」

能力は鍛えることで強くなる。ステイシーのスキルコピーも、強化された状態をコピーするわけではないだろう。

てのひら開拓村は、最初は地平線まで続く草原しか存在しない。

もし手に入れたとしても、一から育てるのは楽ではないはずだ。

それに、万が一コピーされたとしても、ステイシーがあの草原を育てたら、どういう風に育っていくのか興味がある。エネルたちのような管理人が登場するのだろうか？

「私は望まない相手からは、模倣しないから大丈夫よ？」

「そうなんですか？」

「ええ。たくさんの力を持っているといっても、長く生きているから、その産物というだけ。アラミラの使徒の力なんて、それこそ十年に一回借りられればいいほうだったもの」

てか、またこの人も長生き系の人なのか。

長生きな人多いな。まあ、ファーレーの祝福はほとんど全部持ってるんだろうから、当然、時止めなんかも可能なんだろう。あるいは、別の長寿系の力を持っているのか。

「ま、しばらくはここでエネルさんたちと遊ばせてもらうわ〜。もう、いまさら神殿と敵対するような活動する気力も残ってないし。……歳《とし》のせいかしらね」

「そもそも、どうして聖女と呼ばれていたんです？」

ステイシーは魔女なのか聖女なのか。

いずれにせよ、神殿に封印されたということだけが事実で、詳しい経緯は知らない。

なにせ七百年も前のことで、ローザですら生まれる前のことなのだ。

「神殿は神から授かった力で、高額なお布施を受け取り、その見返りとして力を行使していたわ。お金がなくて、お布施ができず病に倒れる人がたくさんいた……。だから、私は神殿には属さずにそういう人たちを助けていたの」

「それで神殿に目を付けられた……と」

「そういうことね。彼らは自分たちの思い通りの世界を作ろうとしていた。決して自らのものではない力を利用してね。元々の魔法文明を滅ぼしただけでは飽き足らず……」

彼女は、アビスたちがいた魔法文明から、今の一部の才能ある人間だけが魔法を扱う時代への変革期を生きた人間なのだ。

魔法文明がどういうものだったのか、俺にはいまいち想像ができないが、かなり便利な世界だっただろうとは想像が付く。

「その話、僕も聞いてはいましたが、しかしファーレー教だけで、文明をここまで後退させることなんてできるんですかね」

「奴《やつ》らは、魔法と神の力、その二つを巧みに使ったのよ。魔法と神の力を使う相手と、魔法だけの相手……。しかも、ファーレー教の狙いは魔力安定化装置だった。安定化装置が壊されたら、魔法は使えなくなる。そうなったら、もう白兵戦しかない。神の名の下に襲い掛かってくる狂信者に敵《かな》うわけないわ」

「なるほど」

まあ、実際どういう世界で、どういう風な戦いがあったのか厳密にはわからないから、何とも言えない部分はあるにせよ、かなりひどい戦いであったのは確かなのだろう。

ステイシーによると、神殿の前身組織であるアラドーラは、今でいうところの貴族……つまり「魔法才能者」の復権を約束し、仲間に引き入れていたらしい。

魔力安定化装置が破壊された世界では、魔法を使える人間は限られる。そんな中で、戦いが始まればどうなるか。前世なら、火薬がなくなった世界で、戦いの片側だけが火薬を使える――そういう状況が近いだろう。戦いになるはずがない。一方的な殺戮《さつりく》だ。

なるほど、神殿が勝つのも当然であるのかもしれない。

「あなたは神殿に恨みがあるんじゃないんですか？」

俺はそう訊《き》いた。ステイシーが聖女のような活動を始めた動機はよくわからないが、何百年も封印されていたのは事実なのだ。

「ん、まあ……ちょっと複雑でね。恨みといえば……恨みだけど、もういいかなって気持ちもあるんだ。また、私がなにかしたって、世界を混乱させるだけみたいだし……。なにより、もう疲れちゃったみたい」

そう言って、ステイシーはひらひらと手を振った。

すべてを達観した仙女のような表情で微笑《ほほえ》む。その微笑みは、同じく神殿に人生を翻弄されたアーサーのものとよく似ていた。

彼女もまた神殿の被害者なのだろうか？

こうして話している限り、彼女に邪悪なものは感じない。

だが、一方だけの話を聞いて、すべてを判断するわけにはいかない。俺は彼女のことを知らなすぎるし、神殿が膨大な犠牲を払って彼女を封印し続けていたことは事実なのだ。

俺は神殿が常に一〇〇％悪い組織だとは思っていない。

悪い部分もあれば、良い部分もある。

今となっては、必要な組織であるというのも否定できない。

だから、神殿が彼女を封印した本当の理由を知る必要がある。彼女が言うように、聖女として力を分け与えることで、神殿による「統治」を乱すという理由で封印されたのか、それとも他に理由があるのか――

それを知るまでは、彼女をこの世界から出すわけにはいかない。

「エネルは、ステイシーさんにどこまで話したんだ？」

エネルに話を振る。

彼女たちが話し相手になっていたようだし、世間話で俺のことや神殿のことなんかも話したのだろうか。別に話されて困るわけではないが、ステイシーさんが七百年前になにをしたのか、確認しようがない。だから、嘘《うそ》をつかれてもわからない。

もしかすると、人畜無害な感じを出しているが、外に出たら悪さをする可能性もある。

「まあ当たり障りのないことだけだね。島で暮らしてるってこととか、七百年も封印されてたらしいとかさ。私だって、そっちの世界のこと詳しいわけじゃないし。だから細かいことは、カイから話してあげて」

「ステイシーさん、なにか知りたいことあります？」

俺がそう訊《き》くと、ステイシーはあごに手をやって考え、そして言った。

「……そもそも、カイたちは神殿とはどういう関係？　この七百年で神殿はどういう組織になったのかしら。そのあたりがよくわからないのよね」

そこからか。いやまあ、出会った時なんて一言二言しか喋《しゃべ》ってないのだし、当然か。

「ええと、まず神殿とは敵対関係です。現在は、まあ一種の膠着《こうちゃく》状態まで持って行った感じではありますが……神殿がどういう組織なのかは、七百年前の状態がどうなのか知らないので、一口では言えませんが、大きい組織ですよ。世界最大といっていい」

神殿について掻《か》い摘《つま》んで説明すると、ステイシーは「なら、私のころと同じか」と小さく呟《つぶや》いた。

まあ、前文明が破壊されたのがだいたい千年前だというから、その三百年後にはほどほど今のスタイルが完成していたとしても不思議ではないだろう。

「とにかく、カイたちは神殿の手先ではないのね？」

「そうですね。あれだけ大きい組織ですし、積極的に敵対するつもりもありませんが」

「そっか。ここだと能力が使えないから、嘘《うそ》か本当か判断できないけど……信じる」

どうやらステイシーと神殿との確執は、かなり大きいようだ。まあ、あれだけ大規模な封印が施されていたのだから、当然といえば当然なのかもしれないが……。

「ところで、その嘘を見破る力って、アラミラの能力の一つなんですか？」

俺は気になっていたことを訊《たず》ねてみた。

彼女が封印を解かれた時、開拓村に騙《だま》し討《う》ちのように連れてくるまでに、何個かの謎の能力を見たのだ。嘘を見破る力も、そのうちの一つだ。

「そうよ。あんまり良い能力じゃないから、滅多《めった》に使わないんだけどね」

「他にも、空を飛んだり、瞬間移動したりしてましたけど」

「空を飛ぶのは祝福よ。瞬間移動はアラミラの能力ね」

淡々と答えるステイシーだが、神殿が危険視するのもわかるような気がする。一つだけでも破格の能力であるアラミラの力を、彼女はいくつも持っているのだ。

「空を飛ぶ祝福なんてあったんですね。知りませんでした」

「重力の神『サルース』の能力よ。正直あんまり使い道ない能力だから、私も最後まで持ってたんだけど。他にも私が持っている力……教えてあげようか？」

「おっ、いいんですか？」

つい食いつくと、ステイシーはなぜか脚を組みなおし、蠱惑的《こわくてき》な笑みを浮かべた。

「ふふ……またいずれね」

「ええっ」

「知りたければ、ちょくちょく訪れて好感度を上げなさい」

「なんでそんな――ゲームみたいなことを――」

俺がそう言いかけた瞬間、シエルがスッと顔をそむけた。

「シエル――――？」

「……なに？　なんでもないから。ステイシーにギャルゲーなんてやらせてないから」

真顔で下手な嘘《うそ》をつくシエル。てか、ずっと開拓村にいたら暇だし、そりゃゲームはやりますよねって話だ。

「そう。あのゲームってやつ……滅茶苦茶《めちゃくちゃ》面白いよ。ああいう、男女の駆け引き……？　っていうのかな。私、そういうの無縁だったのよね」

ま、まあ……楽しんでいただけているのなら、俺としても安心できるけれど。

「というわけで私しばらく出るつもりないから」

「……ステイシー完全にハマってる。ちなみに、今もゲームやりすぎで、外で休憩してるだけだから、これ」

「マジかよ」

典型的な引きこもりゲーマーになってた。

いやまあ、ゲームに関しては俺も人のことを言えた義理ではない。

なにせ、前世では入院中は医者に止められるくらいゲームやってたし、家でもゲームばっかやってたから……。

まあ、能力に関してはすぐに教えてもらえなくても、どうせステイシーを外に出すわけにはいかない。彼女が言うように、いずれ教えてもらえばいいだろう。

それに、具体的なことを知らなくても能力的には間違いなくラスボスだ。

いずれは、外に出てもらう時が来るのかもしれないが、とりあえず今は、エネルたちのお茶飲み友達として遊んでいてもらおう。

◇◆◆◆◇

「それではー、これからどうするか会議を開催しますー！　ぱちぱちぱち」

「カイ様、なんですの、それは」

「いや、上手《うま》い名前が浮かばなかったから……」

とにかく会議である。

今――厳密には最初からずっとだが、島は難しい状況にある。

ここに住んでいることを神殿に知られたくないばかりに、外との交易をせずに隠れて暮らしてきたが、これからは交易を行い他国がこの島を「貿易やらなんやらで有益な国」と認めるまでに発展させたい。

しかも、神殿に見つかるまでにだ。

元々、神殿が総攻撃を仕掛けてきても凌《しの》げるように、島の要塞化は少しずつ進めてきていた。まだ工事は途中だが、今でもまあまあ戦えなくはないだろう。

こちらには魔法使いが多いし、島の立地も防衛に適している。よほどのことがない限りは負けない自信がある。

とはいえ、それは「攻め込まれても負けない」というだけの話だ。

問題なのは、その状況のほう。つまり神殿とこの国とが、戦争状態に突入するということだ。そうなったら、幸せに暮らすのは難しくなる。

だから、神殿が我々に対して、無理に戦うよりも共存を選ぶか、あるいは無視するかしてくれる……そういう状況に持っていけるように、可及的速やかに対応していく必要があるのだ。戦いを回避する王道は「圧倒的な力を持つこと」。攻める側にリスクしかないのであれば、戦いが発生することはない。

「いままでやってきたことは並行してやっていくが、とにかく案を出して欲しい」

国を大きくすると一口で言っても、漠然としすぎている。やらなきゃならないことも、今みたいな原始的な段階でもかなり多い。そうでなくても、俺にはわからないことも多いし、知らないことだってたくさんある。意見を募るのは大事だ。

「近くの国と交易するんだろう？　売るもんはあるのか？」

最初に意見を出したのはファウゼルだ。

交易をするというのは決まっていたことだ。ただ、島にはまだたいした産業はない。

「とりあえずは、俺の開拓村から出した物を売るしかないだろうな。島でも、ミカンやら芋やら育ててはいるが、交易ってほどのもんじゃないし」

「なんかインチキくせぇが……ま、品物に罪はねぇもんな……」

能力由来の物品を売るのは、他国との交易としてはズルっぽさもあるが、これぱっかりは仕方がない。なにせ、耕作人口が少なく、まだ地産地消の範囲を超えていないのだ。

土地はまだまだいくらでも余っているのだが。

「交易するのはいいが、神殿の息が掛かっている国とはマズいのだろう？　どういう風に交易をするんだい？　この島の場所を大々的に知らしめて交易を開始したら、たぶんすぐに神殿の耳に入るだろう」

エドワードが言う。

確かに「良い商品を出してくる謎の孤島」というのは、話題性が強すぎるかもしれない。口コミが広がり過ぎたら、神殿の耳にも入ってしまう。

「最初は、こちらから売りに行く方向で考えてはいますが、ずっとそれだけってわけにもいかないですし……いずれにせよ島の場所はある程度知られる前提でいこうかと思っています。この島を国として認めてもらうという目的もあることですし」

「うん。最終的には、そうするべきだと思う。でも、最初から島のことを知られる必要はないんじゃないかな？　なにせ、商人が自力でやってきたとしても、品物があるわけじゃないんだ。カイ君が事前に出しておくならともかく」

「なるほど、確かにそうですね……」

商品が出所不明でも売れるのは、何度か開拓村産の品を売った経験からわかっている。買い取ってくれる商人たちだって、儲《もう》かればいいのであって、品が良い物ならば産地などはそこまで気にしない。もちろん、付加価値があるような名産地のものならば別だろうが、そうでないならば、そこまでの話なのだ。

商人がこの島にわざわざ来るとしたら、それは当然「儲けたくて」来るのだ。

つまり「高値で売りたい」か「安値で買いたい」か。

あるいは、「珍しい、ここでしか手に入らない物を手に入れたい」かだ。

国を大きくするために、商人を呼び込むことは大切なことだろう。

……だが、それは島を知られる危険を冒してまで、最初からやらなければならないことなのか。エドワードが言っているのは、そういうことだ。

まあ、商人は自分たちの儲け口を、そうそう他人に話さないだろうから、実際には問題ないのだろうけれど、こちら側としては、もっとちゃんとした戦略を持っておいたほうがいいのかもしれない。ただ「交易する」といって、流れに任せるという感じでは、いくらなんでも行き当たりばったり過ぎたか。

「カイ君の開拓村の品ならば、遠からず話題になるはずだ。そうなってから島のことを話すくらいで、ちょうどいいと思う。その間に、島の整備をある程度まで進めてしまったほうが驚きもあるだろうしね」

「なるほど。確かに、今のままでは港すらない有様ですもんね……」

その後もある程度意見交換して、結果的に交易に関して最初期はその流れ——こちらから出向き売買し外貨を稼ぎ人脈を作るという方向で行くことになった。

売る品物については、まだこれから考えていくが、開拓村産のものであれば、基本的になんでも売れるだろう。今までの傾向からすると、ミカンを売るのが無難だろうが、今なら鉄や陶器を扱うのも悪くないかもしれない。

米もまだ品種改良こそ進んでいないが売るぶんには問題はない。帝国のほうでは、米の扱いがないようだから高く買い取ってもらえる可能性もある。

あとは、無難にオリーブオイルや小麦、木綿。羊毛や皮革。

水牛、木材、石材、麻、食料関係など、なんでもありだ。

こうして考えてみると、開拓村から物を取り出せるというのは、恐ろしいことだ。

ちなみに、物品は「ほぼ」無限に取り出せるが、本当の意味で無限に取り出せるわけではない。

常に『エネルに頼む→エネルが用意する（一度に用意できる量は開拓村での生産量由来で限度もある）→用意してくれた物品ごと自分が外に出る』という手順を踏む必要があるため、山のような量を出すのは事実上不可能なのである。

能力の限界まで出し続ける作業を数ヶ月続ければ可能かもしれないが……。

「他になにかあるかな」

「はい。今更な質問なのですが……よろしいですか？」

手を上げたのはユーリだ。

「どうぞ」

「カイ様は、この島をどのような国になさりたいですか？」

「どのように……というと？」

「あなたは王です。これから国を発展させていくのなら、どのような国でも思うがままですわ。でも、だからこそどういう国にしたいのか……教えてほしいのです。共に歩んでいくためには必要なことですから」

「思うがままってことはないだろ」

「……いえ、あなたがその気になれば、どんな国でも作れるでしょう。カイ様にはそれだけの力があります。良い意味でも……悪い意味でも。あなたは謙遜なさるでしょうが」

「謙遜もなにも、ユーリは俺のことを過剰に評価しすぎていると思うぞ。今だって、ほとんど寒村と変わらない暮らししてるってのに」

なにせ、島のほとんどは手付かずの状態なのだ。南の入り江だって桟橋こそあれ、まだ港として機能するほどではない。

俺たちが住んでいる場所、結界の大樹の周辺に建物が数十軒あるだけという状況だ。

「いいえ、カイ様がご自分のことを過小に評価なさっているのですよ。エドワード様ならわかりますわよね？」

急に話を振られたエドワードが肩を竦《すく》めた。

「まあね。単純には言えないが、カイ君は戦力だけで言えば世界有数の力を持つのは間違いない。国土は狭いが、だからこそ、この場所をカイ君の理想の地にするのは不可能ではないだろう。カイ君の能力も破格だし、親の私が言うのもなんだが、カエデの力も合わされば不可能などないような気がするよ」

「エドワードさんまで。力があっても国を大きくはできないでしょう？」

「いいや、できるよ。……例えば、どこかの小国を滅ぼして人も物もすべてを掻《か》っ攫《さら》ってくればいい。それを数回繰り返すだけで、あっという間に国は大きくなるだろう」

「そんな雑なことするわけないじゃないですか……」

「ふふふ。……あくまで可能性の話さ。カイ君ならわかるだろう？」

なるほど。ユーリやエドワードさんが言いたいことの意味がわかった。

俺は無意識に自分の理想の国を「前世の日本」のようなものと仮定していたが、それは国という形態の中で一つの形でしかない。

実際には、風土も違うし地理的な要因も違う。

人を増やす方法ひとつとっても、やり方がある。

エドワードが言ったようなやり方は、実際には選ばない方法であるとはいえ、不可能ではないのだ。そして、俺が「やる」と言えば彼らは反対しない……かもしれない。

だから、やらないならやらないと、ハッキリしておくべき。そういうことだろう。

商売の仕方も、どういう産業でいくのかも、まだしっかり考えていないし、政治形態だって様々だ。さすがにいきなり民主主義国家を作るのは不可能だし、この国土の狭さだ。単純な王政を突き詰めたほうが上手《うま》く回るような気はする。

どちらにせよ、今のところは俺自身が他の誰かに統治を任せる気はないのだ。

「では、ある程度のことはハッキリさせておきます。まず、非人道的なやり方はしない。これは決定事項。そのうえで、まっとうな方法で商売をし、この島で働きたいという人間を集め、産業を興し、国を大きくしていきます」

「カイ様は王道を行くということですわね」

「まあ、そういうことになるのかな？　あと、他に俺が持ってるビジョンなんて、せいぜい『みんなが安心して楽しく健康に暮らせる国』……とか、そんなもんだよ」

「カイ様らしくはありますが、国民全員がとなると簡単なようで、難しいですわね」

「そうかもしれない。でも、それができなきゃ国の運営なんかする資格ないだろ」

俺が望んでいるのは「前世の生活」に近い暮らしなのだろう。

『(他国から絶対に侵略されない圧倒的な武力を持つが故に) 安心して』

『(他国にはない多種多様な娯楽があり、食べる物も美味《おい》しいが故に) 楽しく』

『(危険なものがなく、衛生的にも問題なく、医療も進んでいて) 健康に暮らせる』

そういう国だ。

となると、事実上の「世界最高の国」ということになる。

まだまだ、この世界は俺の見た限り前世における中世程度の発展度だろう。

俺には前世の知識があるから、この世界で「嫌だな」と感じる部分も多い。そういうところを、一つずつ潰していくと、結果として最高の国が出来上がるのではないだろうか。

「なんとなく見えてきたぞ。俺は……世界で一番良い国をこの島に作りたいんだ」

俺がそう言うと、みんな怪訝《けげん》そうな顔をした。

「兄さん、さすがです!」

ルキアだけが瞳を輝かせたが、まあ確かにいきなり世界最高の国とか言われても困るか。

「結局、誰にとっても最高の国を作ればいいんだよ。領土の狭さだけは、どうにもならないけど、それ以外の価値を創造すればいいんだしな」

「確かにそれは素晴らしいことですけれど……雲を掴《つか》むような話ですわね……」

「まだ、なんにも具体的なことはないからな」

とはいえ不可能ではない……はずだ。

国に必要な要素を抜き出していって、最終的には自分の考えうる最高のものを作り上げていけばいい。もちろん、俺には政治の知識はない。統治の経験だって当然ない。

だから、場当たり的にならざるを得ないかもしれないし、完璧には程遠いものになる可能性のほうが高いだろう。

それでも「やるしかない」のだ。誰かに託したり、放り投げたりなんてできないのだし、俺には「てのひら開拓村」がある。頼りになる仲間もいる。

なにより、前世の知識がある。

きっとなんとかなるはずだ。

「ただまあ……そうだな。一つだけ、国として貫徹すべき大原則があるから、これだけは全員覚えておいて欲しい。『衣食住足りて礼節を知る』という言葉にもある通り、人間は物質的な最低限のものが満たされていない限り、礼節や道徳を守ったりはできないものだ。だから民を飢えさせないこと。着るものがあること。そして、住む場所があること。それだけは絶対に守る。それが結果的に、良い国への近道になるはずだからだ」

俺がそう宣言すると、エドワードが「おおー」と声を上げた。

「カイ君は立派だよ。国の運営の話し合いで、民の生活を最優先すると宣言できる為政者は多いようで少ない。できることなら、帝国貴族に聞かせてあげたいものだ。国は民が健やかであればこそ——そんな基本すら知らない者が、民を守らなければならないはずの貴族に掃いて捨てるほどいるのだから」

貴族は魔法使いしかなれず、事実上の世襲制だ。

となれば、統治に興味がなかったり、能力的に適性がないということもあるだろう。

まして、魔法使いはこの世界における「超人」だ。民の生活のことなどわからない者のほうが多くても不思議ではない。

それでも暴動が起きないのは、貴族が魔法使いだからに他ならない。魔法使いは一人で千人の民間人を殺せる、人間兵器なのだ。

「まあ、僕の場合は能力があるから気楽にそう言えるって部分もあるんですけどね」

なにせ、開拓村には「衣食住」を司《つかさど》るエルフたちがいる。彼女たちがいれば、この狭い島の住民の衣食住を賄うことは不可能ではない。

つまり、俺が国を作るなどと言えるのは、能力があればこそだ。

食べる物がほぼ無限に出てくる。家を建てるための建材も用意できる。戦士君という労働力もいる。着る物だって出せる。まだ力の一端しか見ていないが、シエルは家造りのエキスパートで、必要ならば精霊を貸してくれるらしい。

「それに、ここは孤島で守りやすいんで軍備にそこまで力を割く必要がありませんし」

「確かに、この島にわざわざ攻めにくる国はいないだろうね。神殿は別にしても」

普通は軍備にある程度以上のリソースを割かなければならない。

もし、軍備が整っていないのに国自体が豊かになれば、近隣国は必ず侵攻してくる。リスクなく略奪ができるなら、躊躇《ちゅうちょ》する国のほうが少ない。

だから、内政も外交もバランスよくやらなければならないし、どちらかといえば軍備を優先しなければ、豊かさを享受するのは難しいという話になる。

前世でよくやったゲームでも、この辺りのバランスは難しかった。内政を優先させたくても、近隣国が黙っていないのだ。結局、軍備が優れていることをある程度優先させなければならない。

ゲームならば、攻撃されてもまた復興すればいい。

だが今、この現実の世界で戦を仕掛けられたら、ある意味ではそれで負けなのだ。俺は、一人だって死人を出したくないのだから。

そんなのは甘ちゃんの理想論だって、わかってはいる。だが、理想を追うことをやめたら、俺が王をやる意味がない。俺がやる以上、俺の理想を追いたい。

「確かに、この国ならば攻められることはなさそうだが、陸続きの国では常に隣国に怯《おび》えるか、そうでないなら攻撃を仕掛けるか。それが政治の大部分になりがちだからね」

「……そうかもしれませんわね。私の国は、それで滅びましたから。民からの評判は良い王家だったと自負しておりますが、結局は蹂躙《じゅうりん》され、後にはなにも残らない……。父のやり方が正しかったのか、今ではわからなくなってきています」

ユーリの国……モンディアル公国は、帝国の手によって滅びている。

ユーリは、魔法使いのサラと近衛《このえ》隊たちと共に逃げたが追っ手に捕まり、殺されはしなかったが、奴隷商館で商品として並べられるところだった。

いや、サラに関してはもう売られる直前だった。

偶然、俺が通りかかって助けることになり、今ではこうして一緒に国を作ることになっているが、タイミングが少しズレていたら俺たちは出会うことすらなかっただろう。

そして、そうなっていた場合、彼女たちがどういう人生を歩んでいたか――あまり想像したくない類のものになっていたのは、間違いがない。

「ユーリたちの国が間違っていたとは思えない。ユーリの話では、帝国の協定違反という話だったからな。この場合、帝国が間違っている国家で、モンディアル公国はその被害者という関係になるんだろう」

「ですがカイ様、国がなくなったのは事実なのです。相手が協定を破り攻め込んでくる……その可能性があるならば、カイ様ならしっかり対策を打っていたのではありませんか?」

「それこそ買《か》い被《かぶ》りすぎだよ」

俺が今のところなんとかなっているのは、ほぼ一〇〇%、能力のおかげだ。

能力抜きでの国の運営のことなんて、なにもわからない。

「ただ……そうだな。弱ければ自分たちの意見を通すこともままならない。だから、強い国であることで、それだけ優しい国になれるのだけは確かだろうな。結局、人の世は力の強さが支配するものだから」

これは今のこの立場になったから気付けたことだ。どれだけ立派なお題目があり、どれだけ人道的であろうとも、弱ければ殺されて、それで終わり。

力のあるものだけが生き残り、自分が望む「平和」を手に入れることができるのだ。


その後も話し合いを続け、誰がなにを担当するかを決めた。

この国は、まだ国とは言えないほど人が少ない。人口のほとんど全員が官吏というような状況だ。決めておかなければならないことも多い。

現段階では村程度の規模だからいいが、人口が増える前に、法律や税制など事前に制定しておく必要がある。

専門的な知識を持つ者は島にはいないから、なるべく早めに文官を招聘《しょうへい》する必要が出てくるだろう。

「大将、ちょっといいか？」

「まだなにかあるのか？」

会議で決まったことを再確認した後、ファウゼルが付け足しのように提案を出した。

「商売するってんなら……その、俺の実家に話を通してもいいぞ。うちのおふくろは、俺が言うのもなんだが信用できる人間だ。秘密は守るだろうし、商品が良ければ金払いもいいだろう」

「ファウゼルの実家って、帝国の貴族なんだっけ？」

「ああ、侯爵だ。下手な商人を相手にするよりも儲《もう》かるはずだぜ」

帝国に売りに行くこと自体は決めてあったが、貴族に売っていいものかどうか、少し判断に悩むところである。まして、侯爵となるとかなり上級の貴族だ。

……いや、どうせどこに売ったって良いものが貴族へ流れるのは止められないか。

「だが……いいのか？　実家とは縁を切っていただろう？」

確かファウゼルは実家と縁を切っていると、そう聞いた記憶がある。

「癪《しやく》な話だが、縁を切ったと強がってんのは俺のほうだけだからな。たぶん、ちっと戻って儲け話をするくれぇは問題ない。戻ってこいと言われることも……まあ、ねぇだろ」

「じゃあ、売るのは頼るか。とりあえず外貨は稼いでおきたい」

いくら商品があるといっても、金がなければ柔軟な運用は難しい。逆に、金さえあれば、かなりいろんなことができるはずだ。人を雇うこともできるだろうし。

外貨という点でも、帝国金貨なら信用度も高い。

なにせ、現段階では世界最大の国なのだから。

そんなこんなで、会議は終了したのだった。

◇◆◆◆◇

会議を終えてから俺は、アビス、ルキア、ローザを連れて守護聖人《せいじん》アーサーを軟禁している部屋へと向かった。

ルキア奪還を優先したため、アーサーのことを後回しにしていたのだが、そろそろ放っておくのも限界だからだ。

アーサーは、監禁されることに慣れてしまっているのか、あまりしつこく言って来ないが、今の状態を良しとしているわけではないのは、会った時の何かを言いたげな顔でわかっていた。だが、俺は彼に情報を与えることを恐れていた。

だから、彼はまだここが千年以上経《た》った世界だとは知らない。

神殿の前身となるアラドーラという組織に十年間監禁され、今は助けられた。そういう風に認識している。

助けられたことは正解であるが、十年というのは違う。

彼の要求は「妻子に会いたい」というものだが、当然彼の妻と子はすでにいない。子がいたようだから、もしかすると子孫はどこかにいるのかもしれないが。

ファーレーという苗字《みようじ》を当たっていって、アーサーに似た人を見つけて「子孫ですよ」なんて会わせるか？　バカバカしい。そんなことに意味なんてない。

「……でも、いいのかな。伝えて」

道中、立ち止まりルキアとローザに訊《たず》ねる。

言わなきゃ仕方がない。だが、言わなくて済むなら言わないほうがいいのでは……。

「教えないほうが残酷なんじゃないかなぁ」

「そうですよ、兄さん。今のままのほうが、可哀想《かわいそう》です」

「そうかな……そうかも……」

世の中には優しい嘘《うそ》というものもある。

必ずしも真実を伝えるのが正解ではないのでは……。

「じゃあ、カイ君。もし自分が同じ立場だったらどう？　真実を知りたいって思わないかしら。もうどうにもならないって知れば、また歩き出せるでしょ？　そもそも十年は監禁が続いてたという認識あるのよね？　なら、妻子のことは諦めてるでしょ、普通に考えて」

「いや、諦めてなさそうだったよ。連絡をとりたいって言ってたし」

「じゃあ『調べたけど再婚してたから会わせられない』とでも答えるの？　それとも、死んでたと言う？　意味ないでしょ、そんなの」

ローザは俺が悩んでいるのが気に入らないのか、やけにサバサバした物言いをした。

だが、俺にはあの線の細い男が、何も知らずに運命に翻弄されている姿がどうしても気の毒に思えてならないのだ。だからつい、どうしたら一番傷付けずに済むか考えてしまう。

あるいは、この島に捨てられた自分自身と重ねている部分もあるのかもしれない。

「カイ君、忘れてるかもしれないけど……私だって同じなんだよ？　いえ、私のほうが可哀想《わいそう》じゃない？　私だって、自分の意思であの役目を引き受けて五百年も過ごしたわけじゃないんだから……」

ローザにとってみれば、守護聖人《せいじん》は五百年一緒にいた相手であり、自分が苦しんでいる間、ある意味安らかに眠っていた相手でもある。

複雑な感情が湧くのかも。

「そうだな……悪い」

俺は頭を下げた。ローザだってもう身内も誰もいない世界で生きているのだ。それどころか、半覚醒状態での「時止め」を使って五百年もの間、守護聖人を眠らせてきたのである。そして、最後は島流しで殺されるところだった。

　ローザからすれば、この千年の間に犠牲になった「時の祝福者」のことを知ることもなく、助けられて自由になれる守護聖人はまだ恵まれている……。そんな風に感じるのかも。

なんにせよ、デリカシーが足りなかった。

「う……別に謝ってくれなくったっていいんだけどさ」

俺が頭を下げたのが意外だったのか、ローザは狼狽《ろうばい》し、そして早口でまくしたてた。

「と、とにかく！　守護聖人には本当のこと、伝えたほうがいいと思う。さすがに千年も経《た》ってるとわかれば、あの人だって諦めが付くだろうし！　最終判断はカイ君がすればいいけどさ、どっちにしても誤魔化《ごまか》しきるのは無理だと思うわ」

「ん。まあ、古代魔法文明の時代とは、文明力が段違いみたいだしな……」

なにせ、アーサーは人造人間《レプリカント》であるアビスやセレスティアルを作れるような時代の人間なのだ。この島は特殊な環境だから、バレない可能性もあるが、それでもずっとというのは無理だ。なにより、俺たちはこの島を「世界最高の国」にするのだから、外からの人間はどんどん増えていくはず。

　そうなれば、いつかどこかで、ここが千年以上後の時代であると知る時が来る。

「よし。真実を話そう。それでアーサーがどうするかは、彼自身が決めることだ」

「そうそう、その意気だよ、カイ君」

「ルキアはどう思う？」

「私も賛成です。……まあ、当然のように絶望するでしょうが、それから先のことまで、こちらが面倒を見る必要はないでしょう」

ルキアも驚くほどドライな意見を出した。いや、俺がウェットすぎるのか……？

「だが、もし守護聖人《せいじん》……アーサーが絶望して自殺でもしたら、祝福が失われるんだぞ？」

「ん、まあ……私は兄さんとも再会できましたし、もう祝福なんて必要ありませんから気になりませんね」

「私も、もういいかなー。時止めの力なんて持ってたから変なことに利用されたんだしね」

「そういうもんか」

ローザは時止めの力。ルキアに至っては「真実」「時」「死」と三種類もの神の祝福を得てしまっているのだ。個人で持つにはあまりに強大な力。ないならそのほうがいいのかもしれない。

「アビスはどう思う？」

特に何も言うことはないという風に、黙って後ろに付いてきていたアビスにも話を振ってみる。だが、アビスは特に表情を変えることもなく言った。

「……わかんない」

「そっか」

賛成二に、わかんない一。言い方は考慮すべきだろうが、伝えることにしよう。

……とはいえ、さすがに自殺されても困る。

真実は話すが、妙なことにならないように気を付けたほうがいいだろう。

「アーサーさん、いますか？」

軟禁している部屋をノックすると、すぐに返事があった。

アーサーはここ数日で、少し肌の血色も良くなり健康そうに見える。食事もしっかり食べていると報告を受けている。

つねに見張りを付けてはいるが、要望があれば散歩も許可している。

娯楽がほとんどないのが玉《たま》に瑕《きず》だが、ずっとあの地下室で監禁されていたのだから、悪い待遇ということもないだろう。

「君か。用事とやらは済んだのかい？」

アーサーには、用事が済んだら話をすると伝えてあった。

その時点では、ここが千年後の世界だと話すつもりはなかったが、待遇については決める必要があったからだ。

アーサーはその能力『彩《いろどり》の神々』によって、この世界に祝福者を生み出し続けている。

ファーレー教は彼を監禁した上で、時の神の祝福者を使い文字通り「時を止め」て千年もの間、支配力を高めてきたのだ。

彼を神殿から助け出したのは、ほとんど成り行きによるものだったが、今更神殿に帰すつもりはない。

かといって、完全に自由にしていいというわけでもない。彼の能力がいきなりなくなってしまった場合、この世界が大混乱に陥るのは目に見えているからだ。

自由にしてあげたい。でも、こちらの管理下にいて欲しい。

そういうジレンマがあるのだった。

「……今まで、真実を話すかどうか悩んでいたのですが……これからすべてをお話しします。あなたにとっては、残酷な話になるでしょう。どうか、心を強く持って聞いて下さい」

さすがに軽く言うような内容ではない。

「真実……？　君は一体なにを——」

ただならぬ雰囲気に、アーサーは少し息を飲んだようだった。

俺は彼に真実を話した。

「………せん……ねん後……？　私の妻は……？　娘は……？」

俺が話す内容に、アーサーは明らかに狼狽《ろうばい》していた。

時の祝福者の能力は、彼自身が考え生み出した力だ。

それが『可能』であると、自分自身が誰よりも理解できてしまうのだろう。

「……す、すまない……しばらく、一人にしてもらってもいいだろうか」

アーサーはうつむいたまま、絞りだすようにそう言った。

俺たちは部屋から出た。部屋の中から、嗚咽《おえつ》が聞こえ始める。

アーサーが人生に悲観して死を選ぶ可能性がどれだけあるかはわからない。

俺は忍者君と僧侶ちゃんに命じて、常に近くにいてもし自殺を図るようなら全力で止めるようにと命じた。僧侶ちゃんの回復力と、忍者君のスピードがあれば、普通の人間の身では自分自身を殺すことも上手《うま》くいかないだろう。

まあ、そう簡単に死を選ぶとは思いたくないが、これぱっかりはわからない。対策しておくに越したことはないだろう。


俺はその後、毎日アーサーのところを訪れた。

今の彼になにが慰めになるのかわからない。だから、せめてこの国のことを話した。

島に捨てられた経緯も、仲間たちがこの島にいる理由も。

そして、俺の前世のことも話した。

前世のことを人に話すのは初めてだ。

俺の前世は、科学文明が進んだ世界だったこと。その知識があるから、この島で生きていけたこと。病気で長く生きられなかったこと。今の人生を精一杯生きると決めたこと。

そんなことを話した。

アーサーは俺の話を静かに聞いてくれた。

前の人生と隔絶があるという点で、俺と彼の人生はどこか似ている。

俺は「転生者」だが、彼はいわば「転移者」だ。戻れないという点で二人は同じ。

俺だって、前世を健康な状態でやり直すことができるなら——そう思ったことがないわけじゃあない。

だが、そうはならなかった。

アーサーのことだって、気の毒だと思うし、彼の願いならなんでも叶《かな》えてあげたいというような気もしている。だけど、それでも彼の過去を取り戻すことは不可能なのだ。

「……ありがとう、カイ君」

話し終えると彼はそう言って小さく笑った。

意味があったのかわからないが、彼の瞳に少しずつ光が戻っているような気がする。

一歩ずつでもいい。前に進んでいって欲しい。

◇◆◆◆◇

「お兄ちゃーん！　ちょっと来て！　ついに完成したよ！」

アーサーと話をした次の日の昼。昼食になっても食堂に姿を現さなかったカエデが、息せき切って俺を呼びに来た。

「完成って、アレが完成したのか？　マジで？」

「うん！　時間かかっちゃったけど！」

カエデはかなり興奮しているようだ。

「もう動かしたってことか？」

「調整の為《ため》に、少しだけだけどね！　ちゃんと動いたよ！」

今日は、港を作る場所を決めようと思っていたが、その前にこっちだ。見せてもらおうか。カエデのジャイアント・ゴーレムとやらを！

カエデに手を引かれ、カエデのゴーレム実験場へと走る。

俺たちの屋敷がある場所から少し離れたところに、それはあった。

ゴーレム実験場は、カエデの能力を最大限に生かすために、材料として使えそうなものを島で採集したり、開拓村から取り出したりして積み上げており、カエデはそこでレンや戦士君たちの協力の下、強く便利なゴーレムの作成に明け暮れていたのだ。

もちろん、俺も情報提供は惜しまなかった。ロボットに関する知識は俺が世界一だろう。

カエデもその知識を吸収して、改良を続けていった。

彼女の能力である『仮初《かりそめ》の命』は、ものに命を与えるというものだが、これが意外なほど汎用性が高い。

単純な動きをする物には特に絶大な効果があり、スクリュー回転で進む船などは他の追随を許さない分野で、カエデに命を与えられた船が海戦で負けることは絶対にないと言えるほど、隔絶した力を持つ。

なにせ、前世の大型モーターと同じような力を能力で発生させるのだ。しかも、燃料いらず。風の力で進む帆船など、勝負にもならないはずだ。

閑話休題。とにかく、カエデの能力は俺の能力とはまた別の意味で、チート級なのだ。

そして——

「マジか……」

カエデが作成した大型ゴーレムは確かにそこにあった。

俺は、横たわっていると想像していたが、普通に足を地面につけて立っている。

「どう？　どう？　どう？　カッコいいでしょ！」

「めちゃんこカッコいい……。思ってたのと違う……」

それは、もうゴーレムというよりロボットだった。

車や戦車よりも先に、ロボットができてしまった。ガワだけとはいえ。

「多脚……採用したのか」

「うん！　やっぱり二本足よりこっちのほうが安定するし、山道にも強いみたい」

カエデが作ったゴーレムは蜘蛛《くも》のような脚が六本もあり、その上には人間のような上半身があるのだが、付いている腕の数は三本だ。

安定感のある台形の足の側面には、車輪と太い杭《くい》が取り付けられている。

状況によって、その三つを使い分けられる仕様のようだ。

本来ならば、足先を状況次第で使い分けるとなると、かなり複雑な機構が必要となるが、命を与えて運用するカエデのゴーレムの場合は、ただ「存在」さえしていれば、なんとかなるのである。恐るべき汎用性だ。

腕のほうも、二本は肘と手首に関節がある人間と同じような造りで、手の部分もしっかり五本指である。

最後の一本は背中から生える十を超える関節を持つ長い腕で、先っぽには、なにかを取り付けるための金具が装備されている。

戦うための武器の類は特に持っていないが、すでに存在そのものが脅威である。

なにせ、サイズがサイズだ。全長十メートルくらいある。

「どうですか、マイロード！　カエちゃんは凄《すご》いでしょう！」

一番よく手伝っていたレンが、カエデにくっ付いてはしゃぐ。

「いやいやいや、感服したよ。よくこれだけの物を作ったね。材料だって限られてたはずなのに。これメインは石で作ってあるのか？」

「そうだよー。苦労したけど、やっぱり鉄以外なら石で作るのが丈夫だから」

どうやら、これはストーンゴーレムの類らしい。

「でも、これ関節どうやって作ったんだ……」

そう。多脚はかなり複雑な挙動が必要。それゆえに、構造も複雑にする必要がある。俺にはそこまでの知識はないし、せいぜい前世の超有名アニメのロボットの関節を教えた程度である。まさか、それを石で作ったというわけでもあるまいが。

「へ？」

「これは、ゴーレムちゃんが自分で動きやすいように作り変えたんだよ？」

「元々の形はお兄ちゃんに聞いてたように作ったけど、それは外側だけだから、内側はゴーレムちゃんが自分で改良したの。最初は作ってあげなきゃと思ってたんだけど、自分でできるって言うから」

「マジでか」

「うん。モックちゃんが教えてくれたんだけどね」

モックちゃんとは、カエデに預けてあるセレスティアルの模型《モック》である。造りが精巧だからか、モックはカエデに力を与えられると普通に喋《しゃべ》ることができる。

もともと彼女の人形であるゴモとメレも喋っていたから、カエデが「この子は喋る」と認識しているものは、喋ることができるのだろう。

で、そのモックが自分自身――命を与えられた存在の能力をカエデに教えたのだろう。

だからって、まさか自己改良能力を有しているとは……カエデ、恐ろしい子……。

「じゃあ、動かすよ」

「お、おう……楽しみなような怖いような……」

全長十メートルを超す、巨大多脚ロボットとか、俺の前世でも実現してないファンタジーな代物だったのに、まさかそれをこんな形で見ることになるとは。

「いくよ！『仮初《かりそめ》の命』！」

カエデが能力を発動すると、巨大なゴーレムが淡い光に包まれた。

最初のころは、こんな大きいものには力を与えることができなかった。やはり能力は使い続けることで成長するのだ。

「ヴィ……ヴィヴィヴィ」

「すごい重低音だ」

命を与えられたゴーレムが、体を震わせて鳴き声を発する。どうやら、普通に喋るタイプではないらしい。やはりセレスティアル・モックやゴモメレは特別ということか。

「じゃあ、カマキリちゃんの稼働テストいきまーす！　まず、あそこの山の上に生えてる木のところまで走って戻ってきて。足はどれを使ってもいいからね」

「カマキリちゃん？」

「この子の名前まだ決めてないから、仮の名前！　カマキリみたいでしょ？」

なるほど、足が六本で上半身に腕があるのはカマキリっぽいかもしれない。

「じゃあ、ちょっとカッコよく『マンティス』はどう？」

「マンティス？　どういう意味なの？」

「そのまんま、カマキリって意味」

前世の英語を持ってきただけだ。マンティス系のモンスターには前世のゲームでよく苛《いじ》められたから、妙に覚えているのだ。

「じゃあ、マンティスちゃん！　ゴー！　ゴー！　ゴー！」

「ヴィヴィヴィー！」

カエデが指し示した「木」とは、ここからたぶん数キロは離れている山の上に生えている木のことである。巨大なゴーレムならば、そこまで走っていく姿が見える……その理屈はわかるが、カエデめ、いきなり過酷な指示を出すものだ。

「さあ、私にその力を見せて！」

「ヴィ！」

カエデに発破をかけられて、多脚をワキワキと動かし走り出すゴーレム――マンティスちゃん。関節部分を柔軟に動かし、ゴーレムとかロボットというより、本当に生きているかのような挙動だ。

……いや、実際生きているのだから、当然そうなるのだろう。もともと、カエデは陶器製の一体物の素体を、生きたゴーレムとして使ってきたのだ。

形だけとはいえ関節を作ってあれば、この結果も当然なのかもしれない。

「すげえよ……」

自然に感嘆の声が漏れた。マンティスは途中まではダカダカダカという音を立てて走っていたが、途中から足パーツを車輪に変更して走り出した。

車輪は木製だが、草原を走る分には問題ない。

しばらくしてから、山をよじ登る姿が見えてきた。急な斜面でも、足に付いた杭《くい》を突き刺して問題なく登攀《とうはん》していく。

そして、無事に目的の木に到着。

マンティス号は、ヴィヴィとここにまで聞こえる大きな声を出した。

「どうー？　すごいでしょ？　褒めてもいいんだよ？」

自作巨大ゴーレムに手を振りながら、へへへと笑うカエデ。

俺は興奮して、カエデの頭を撫《な》でた。

「よくやったカエデ！　この力があれば、無駄な戦いを回避できるのは間違いないぞ。それに、単純にカッコいい！　島のシンボルにしてもいいな」

多脚ロボットがいる国。なんてすばらしいんだろう！

それだけで観光大国になれそう。

「あとね、あとね！　あの子は畑を耕すこともできるんだよ。足でザクザクやって」

「確かに、できそうな足してたな」

石でできているから、かなりの重量だろう。そんな重量物が六本の足で地面を耕すのだ。

出てきた石は戦士君たちで除《よ》けていけば、島全域を畑にするのも可能かもしれない。

「あと、お兄ちゃんが言ってたでしょ？　もし神殿の船が来たら、ゴーレムに石を投げて欲しいって」

「そんなこと言ったっけ？」

「言ったよ！　上陸させないように大き目の石を投げれば、船は簡単に沈むって」

めちゃくちゃ物騒だが、確かにカエデにはそんな話をしたような気がする。

なにせ、この世界の船は見た限りすべてが木製だ。大きい岩を投げつければ、それだけで沈むだろう。鉄球を飛ばすだけの大砲でもいいが、まだ火薬がない。

となれば、単純な投石しかない。実際、投石でも十分な効果が得られるだろう。

「あいつ……マンティスちゃんなら、大きな石も投げられる？」

「うん！　すごい力持ちだよ！」

どうやらすでにそれもテスト済みだったらしい。

しばらくしてから、戻ってきたマンティスちゃんに巨大岩投げを実演してもらった。

場所はさすがに陸地では危ないということで、海に向かって投げることにした。

「じゃあ、やっちゃって！　マンティスちゃん！」

「ヴィ！」

直径一メートル近い岩を軽々と持ち上げ、助走で勢いを付けてから振りかぶるカマキリ型の大型ゴーレム。

ドシュっと空気を切り裂く音と共に、岩は海の彼方《かなた》へと飛んで行き、遥《はる》か沖のほうで大きな水飛沫《みずしぶき》が上がった。

「ヴィヴィヴィ！」

どうだ！　と言わんばかりに、こちらを見るマンティス号。

いや、マンティス様だ。人間には及びもつかない力だ。

てか、これ事実上の自立戦車だよ！

「こいつがいるって喧伝《けんでん》するだけで、他国は絶対攻めてこないレベル……」

これと戦うとか正気じゃ無理だ。もし俺が全戦力を使っていいとしても降参するわ。

「精度もいいんだよ！　あそこの海からちょっと出てる岩を見てて」

「お、おう」

島の周りは、岩が突き出している箇所がたくさんある。

カエデが指さしているのは、沖から数百メートル先に僅かに突き出した岩で、ここからだと豆粒程度にしか見えない。

「あれに当てるよ！　できるよね？　マンティスちゃん」

「ヴィー！　ヴィヴィヴィ！」

元気に返事をして、さっきよりもさらに大きな岩を持ち上げ、投げた。

岩は目にも留まらぬスピードで飛んでいき、バガン！　と強烈な炸裂音《さくれつおん》を響かせた。

「これ、船だったらどんな巨大なのでも、一発で沈むな……」

さらに、もし上陸をゆるしたとしても魔法使い以外には、マンティス号は無敵だろう。

いや、魔法使いだとしても、辛うじて戦える可能性がある……程度のものだ。

開拓村を経由すれば、外に持っていくのも可能。船と同じように、開拓村の中に置いておき、必要な場所で出してから、カエデに命を与えてもらえばいい。

こいつ一体で、そこそこ大きい国でも簡単に滅ぼすことができるだろう。

やりはしないが、また一つ力を手に入れてしまった。

だからこそ、使い方にはより気を付けていかなければ……。

「カエデ、こいつは力が強すぎるから、普段は街のシンボルとして飾っておこうか」

「シンボルって？」

「他所《よそ》から来た人が、街で最初に目にする石像にしてさ。いざって時には、動き出して護《まも》ってくれる神様だって紹介するんだよ。実際に動かして見せてもいい。マンティスは強いから、見せつけるだけで抑止力になるからね」

戦わずに戦闘を回避するには、強い力を誇示するのが手っ取り早い。ある程度、国が大きくなったらマンティスが船を沈めるパフォーマンスをやってもいいかもしれない。

「あっ、でも畑はどうしよう？」

「もちろん、必要な時は働いてもらうつもりだよ。それに……畑を耕すのはまた専用のゴーレムを作ってもいいし」

ゴーレムよりトラクターのほうが効率が良いだろう。

「畑用のゴーレムちゃんかぁ。じゃあ、次はそれだね！」

新しいゴーレムに瞳を輝かせるカエデ。

トラクターの知識は俺もほとんどないが、刃物のついた車輪をぐるぐる回して土を耕していく車――そんなイメージだろう。さすがに、耕す部分を石で作るわけにもいかないし、そのパーツは開拓村で用意することにしよう。

さらに発展させて、ダンプカーやショベルカー、ブルドーザーみたいなものを作ってもいい。移動用の自動車も欲しいし、飛行機を作るのも不可能ではないだろう。

カエデの能力はまだまだ可能性を秘めているのだ。

カエデの巨大ゴーレムの動作テストの後、元々の予定だった港作りをスタートさせることにした。

「カエデもゴーレムのほう一段落したなら、こっち手伝ってくれ。大きな工事になる」

「いいよー。お堀が終わっちゃってから、しばらく大きい仕事なかったもんね」

「またいくつか作りたいものあるから、カエデにはいろいろ手伝ってもらうと思う」

「お安い御用だよ」

カエデの快諾を取り付けて、いよいよ港作りだ。

島を大きくしていく上で、港は最も重要な施設となる。なにせ、絶海の孤島だ。外からくる人間は飛行機が開発されるまでは例外なく船で来ることになる。

ならば、港はどんな大型船でも停泊できるような規模のものが作りたい。

「問題は場所なんだよな。いちおう、ある程度の目ぼしは付けているが……」

エドワードやファウゼルなんかとも相談したが、南の入り江はそのまま何もいじらないでおくことにした。あそこは島の南半分側では唯一の砂浜だ。開発してしまうと、ビーチ遊びができなくなってしまう。砂浜遊びのために北側まで行くのは面倒だ。

「決まっているのは、島の南側のどこかに作ること。北側のほうが作りやすい場所が多いけど、あっち側の開発は南側がある程度終わってからにする」

「南って……。こっちは、ほとんど断崖絶壁だよ？」

カエデが言うとおり、島の南側で海に面している部分は、ほとんどが断崖絶壁。それがこの島を天然の要塞として機能させている部分もあるのだが、港を作るには不適合な地形なのは間違いない。カエデが疑問に感じるのも当然である。

「ほんとうは、もっと楽なとこに作りたいけど仕方ないからな。マシな場所を見つけるよ」

というわけで、俺は翼人《よくじん》ブランコで場所の選定に入った。

島の南側を海沿いにグルっと回って、良い場所を見つけるのである。とりあえず、南の入り江からスタートして、時計回りで一周してみる。

翼人ブランコなら、三次元的に見ることができるから、怖いことを除けば、これに勝る方法はない。地面から見てもわからないことのほうが多いのだ。

「カーイー？　危ないから、ちょっと高度上げるよー？」

「ああ、頼む」

上からリーベルの声。海面スレスレを飛ぶのは危なかったらしい。

しかし、なるほど、グルっと島の周りを飛んでみたが、作るならやはりかなりの労力を割かないと難しそうだ。

まず、規模だが、これは整備された船着き場だけで数百メートルくらいは作ろうかと思っている。大型の港だ。俺がこの島に連れてこられた時に乗せられた神殿の大型船。あの規模の船が数十隻泊められる規模が理想だ。

エドワードと戦った帝国の港町で見た港が参考になりそうだ。

素材は、コンクリートがないから石造りだが、これは開拓村から出したものを使う。だが、量に制限があるから、ある程度は現地採取した素材も使っていかなければ難しい。

「あとは、深さか」

港には大きな船が停泊するわけだから、当然深さが必要だ。港が浅かったら、船底が付いてしまう。当然、潮の満ち引きも計算に入れなければならない。

最悪、底を掘る必要があるが、カエデのゴーレムという最終兵器があるので、それについてもそこまで難しくはならないはずだ。

「……うん。やっぱりここだな」

島の南側をグルグルと三周ほど飛び、俺は場所を決めた。

結界の大樹から見て東側の海。ここも他と同じ断崖絶壁なのだが、高さが少し低い上に岩で出来た断崖ではなく、土も含まれていて工事しやすそうなのである。

「カイー？　でもここ、ものすごいたくさん木が生えてるよ？　海もゴツゴツしてるし……。港ってことは、船を泊めるんでしょう？　大丈夫なのかな」

上からリーベルが心配そうな声を出す。

「大丈夫だ……。たぶん」

「なんか自信なさそうじゃん！」

そりゃあまあ、陸地の工事じゃなく海辺の整備である。当然、知識も経験もない。

自分で工法を考えなきゃならない。絶対にできるとは断言できない。

だが、必要ならやらなきゃだし。今、この島にある力を結集すればできるはずだ。

長大なお堀だって作れたんだから。

リーベルたちに下ろしてもらい、波の打ち付ける磯《いそ》に立つ。

断崖を見上げると、登ろうと思えば登れる程度の傾斜であることがわかった。これを崩していけば、普通に登れる程度にするのは難しくないだろう。

あとは、水深である。このあたりの海には入ったことがないから、どれくらいの深さかはわからない。

俺は開拓村に入り、水色戦士君を連れてくることにした。

「……ちょっとカイさんや。ボクのことをお忘れなんじゃないのかね」

開拓村に入ると、シエルが待ち構えていた。なにか怒っている模様。

「忘れちゃいないけど……どうしたんだ?」

「ほら……これだから……。コロモ姉さんには、ちょくちょく頼んでるくせに……。港、作るんでしょう? まさに、ボクの力の独壇場なのに」

「あっ! そうか!」

そうだそうだ。シエルの存在を……いや、忘れてたわけじゃないよ。覚えてたけど、まだ外でなにか作るのに力を借りたことがないから、思いつかなかっただけで……。

「なにができるんだっけ? 港、現実世界のほうに作るんだぞ? シエルは外に出られないだろう?」

「ボクの眷属《けんぞく》が代わりに出るよ。四大精霊……港ならウンディーネが大活躍」

「そういえば、前に見たことあったな」

シエルは精霊魔法というものの使い手で、特に四大精霊——火のサラマンダー、風のシルフ、水のウンディーネ、土のノームを呼び出し使役するのが得意らしい。

それぞれがどんな働きをするのかは知らないのだが、シエルは「住」を司《つかさど》るエルフだというから、かなり期待していいのかもしれない。

「……じゃあ、さっそく行きますよ。精霊召喚——ウンディーネ」

「おおっ！」

シエルが両手を前に出すと、虚空に突然、身体《からだ》が水でできた少女たちが発現した。

魔法陣が出てきたりとか、そういう演出はなく、実にシンプルだ。そういえば、前にノームも出した時も、こんな感じだったかもしれない。

「他の子たちも、サラマンダー以外は出しとくよ。磯《いそ》は風も強いから」

「頼む。で、この子たちには、どうやって頼めばいいんだ？」

「……え？　普通に頼めば大丈夫だよ？」

どうやら言葉が通じるらしい。いまいち、この精霊たちになにができるか想像つかないが、エネルたちの住む屋敷を改造したのは、この子たちだという。

だとすれば、かなりのことができそうではあるのだが——


俺は精霊たちを連れて開拓村から出た。

どういう扱いなのか、精霊たちは普通に外に出られたようだ。

港の予定地である海辺を見せる。

「え、えーと。この場所に港を作ろうと思う。どうすればいい？」

「かぜ、とめる」「みず、のける」「つち、ほる」

それぞれの代表の一体が答えてくれる。実にシンプルな回答である。

風の精霊であるシルフが、この強烈な海風を止め、ウンディーネが海の水を除《よ》けておき、ノームが土を掘るのか。

うん。わからん。

「特に『水、のける』がわからん」

「みず、のけるよ～」「うん」「うん」「うん」「うん」

総勢二十体のウンディーネさんたちが、号令一下、海の中にちゃぽんちゃぽんと入っていく。そして、しばらくすると海面がわずかずつ低くなっていくではないか。

「お……おおおお！」

俺が立つ磯から半径三〇〇メートル近い範囲の海水が、なんらかの力で堰《せ》き止められ、海底が歩ける状態になってしまった。

まるで、モーセの出エジプト記の有名なシーンの再来だ。

これなら、港を作るのはかなり楽になる。陸地の工事と同じようにできるのだから。

「すごいぞ、ウンディーネさんたち！」

俺は恐る恐る海底へと降りてみた。浅くもないが深くもない。港にするのなら、もう少し掘る必要があるだろうが、問題ない。

「これって、どれくらい維持できるんだ？」

俺は近くで海を堰き止めていたウンディーネさんに訊《き》いた。

「うみ～。はんにちくらい？」

「なるほど」

工事という観点だけで言えば、長く維持できればできるほど良かった。

半日でも十分ではあるが、しかし、工事は長くかかるものである。半日ごとに水を入れなければならないとなると、かなり短いスパンで作業を進めていく必要が出てくるだろう。

あるいは、ウンディーネさんたちの力を借りて、海そのものを物理的に堰《せ》き止める構造物を作るか。なかなか難しい問題だが、不可能ではないだろう。

この新しい力を最大限に生かして、港を作っていこう。

「かぜ～、とめるよ」「うん」「うん」「うん」「うん」

「つち～、ほるぞー」「おう」「おう」「おう」「おう」

俺の横にいたシルフさんたちとノームさんたちも、勝手に仕事を始めた。

おそらく、彼らの中では港作りとはどういうものか、イメージできているのだろう。

最初期は土台作りからだ、ある程度は任せてもいいだろう。

その後、俺はカエデと手分けして巨大岩の回収をした。港を作るなら海の力に負けないだけの重量物がいくらでも必要だ。

幸い、島の北側の山には大きい岩がたくさんある。

俺の港に対する知識はかなり限定的だ。ただ、波の力の恐ろしさはよく知っている。なんといっても前世は島国だったのだから。

「防波堤……コンクリートがあれば良かったが無いものは仕方がない。消波ブロックの代わりになる巨大な岩で上手《うま》く作れないかな……」

ウンディーネの力を使えば、沖に進出する形の防波堤を作ることができるだろう。

船を着ける岸壁も、大き目な岩を使って崩れないように作る。やはり、コンクリートが欲しくなるが、まだこの世界の港はどこだって石で作っている。

ならば、石でも問題なく作れるはずだ。他の国では、真面目に人力で作っているはずなのだから、人間以上の労働力が大量にあるこの島で、できないはずがない。

◇◆◆◆◇

港作りは基本的に俺とカエデとレンの三人でやることになった。

他のみんなも手伝いたがったが、今の段階では逆に危険だ。やっていることが、人間離れしすぎている。

元々、お堀作りの時もほとんど全部カエデと戦士君だけで作ったのだ。公共工事に関しては、大人たちよりもカエデのほうが経験値が高い上に、彼女は自分の力のことがよくわかっている。

人力なんかと比べて効率が段違いなのだ。

「……それで、お前はなにをやっているんだ？」

工事現場を訪れると先客があった。元神官のマリエラだ。

「なにって？　工事を見てるんだけど」

「なんで？」

「戦士君の研究」

マリエラは手帳になにやらメモを取っているようだ。

港の工事では、何百もの戦士君たちがちょこまかと動き回り、土砂を取り除く作業に従事している。

今ある磯《いそ》の部分はすべて埋め立て、数十メートルほど陸地を延長して港を作る予定だ。下の砂地になっている部分は取り除き、大き目の砂利を敷き詰め、その上から岩を置いていく。とにかく丈夫に作る必要があるから、土台から手は抜けない。

マリエラは、見た目に似合わぬパワーで働く戦士君たちを飽きもせず見つめている。

「……研究って。どうしてそんなことを？」

「だって、こんなヘンテコな生き物見たことないもの。言葉も理解してるみたいだし……人間に近いけれど、猿とは遠い。なにより、この子たち、種から生まれるみたいなのよね。

あなたは知っていたと思うけれど」

「……まあな」

マリエラには開拓村のことは教えていない。もちろん、戦士君のことも詳しくは話していない。見張りに二人付けたが、それだけだ。

「種から生まれるんだから、彼らは植物に近い生物のはずなのよ。その証拠に、日中はよく日向《ひなた》ぼっこをしているわ。あれは、お日様の光をなんらかの力に変えているんだと思うのよね。それに、水はよく飲むけれど、何かを食べることはほとんどない。夜は土の中に入って眠る……これは土中から養分を吸い上げているんじゃないかしら。でも、土の中に入らないで眠っていることも多いから、土中の養分はほとんど必要ないのかも」

訊《き》かれてもいないのに自分が調べたことをペラペラと喋《しゃべ》り出すマリエラ。

こいつ、自由にさせたのにやけに大人しいと思ったが、こんなこと調べてたのか……。

しかも、戦士君の生態について、かなり綿密に調べているようだ。

「お前って研究者かなんかだったのか？」

「え？　ううん、ただの神官よ。知ってるはずだけど？　ただ、興味があることは知りたくなっちゃうのよね。最初は、こんな島って思ってたけど、あのアビスって子とか戦士君とか、面白いことたくさんあるし、逆に来られてよかったわ」

「転んでもただでは起きない奴《やつ》だな」

確か、マリエラは個人でファーレー教の謎……特に秘密にされた「神」について調べようとしたことがあると言っていた。

要するに、こいつは知的好奇心が強すぎて人間的にダメなタイプなんだな。

ルキアが生贄《いけにえ》にされることが決まってから、自分自身に「時止め」の術を掛けることができたのも、このマリエラがルキアに秘密を訊《き》きたがったおかげだったりする。

マリエラの好奇心がなければ、ルキアを無事に奪還するのは難しかったかもしれない。

「オサ！　オサオサオサ！」

立ち話をしてなかなか現場に来ないのに業を煮やしたのか、戦士君が俺を呼びに来た。

いや、手ぶりからして、資材が切れたから出せと言っているようだ。最近は、戦士君がなにを言いたいのか、なんとなくわかるようになってきている。

なんだかんだ、戦士君との付き合いもかなり長いからかな。

「ちょっと、行ってくる」

マリエラにそう告げて、資材置き場まで下りていき開拓村を使って、資材を出した。

ちなみに、マリエラにも「こういう能力」であるとは伝えてある。まあ、彼女の知的好奇心の強さからすると、次の対象が自分になりそうで怖い感じもあるが、隠し通すのも大変だし効率が悪いしで、もう割り切ることにした。

万が一、マリエラが脱出して神殿に密告したところで、もう神殿にはこの国にも俺にも手出しをさせるつもりはない。むしろ、俺自身がマークされるくらいで丁度良い。開拓村から、石材を出せるだけ取り出して、またマリエラの下に戻る。

もう少し、話してみたかったのだ。

「さっき、あの子がなんて言っていたかわかったの？　なんで？　なんでわかるの？」

マリエラは戦士君のオサオサだけで、俺が意図を理解したのが不思議なようだ。

「なんとなく……だな。なんとなく、わかった」

「ふーん……変ね。彼らの言葉は、言語としては成り立ってないはずなのよ。だって『オ』と『サ』しか発音しないのよ？　意味のある言語にはなり得ないわ……。なのに、あなたは理解できるという。犬や猫の気持ちがわかるっていうのと同じなのかしら」

「んー……俺の場合はそうかもな。レンなんかは、ちゃんとハッキリわかるみたいだから、なんらかの意味を持った言葉なのは、ほとんど間違いないはずだぞ。まあ、あいつの場合、言葉で理解してんじゃなくてテレパシー的なものの可能性もあるが」

「テレパシーってなに？」

「なにって言われると……精神感応だっけかな。とにかく、言葉じゃない第六感だよ。一種の魔法みたいなものか」

超能力というやつだ。レンと戦士君たちの間にそれがないとは言い切れない。実際、俺もマリエラと同じように、戦士君語が言語として成立しているとは思っていないし。

「んー、そうか……。言葉を発しながら、ちゃんと意味のある意思を伝えている……ね。なんとなく筋は通る気がするわ」

「まあ、『真実の神』の祝福者に嘘《うそ》を暴かれたりすることもあるんだ。心の声が聞こえる奴《やつ》がいても不思議じゃないさ」

「真実の神の祝福者は嘘を暴くだけじゃないわよ？　ルキアちゃんから聞いてるでしょ？　彼らは人の記憶を見るのよ」

「えっ？　初耳だけど」

記憶を見る？　そんな高度なことができる祝福だったのか？

「あー、そっか。神殿は『嘘を暴く能力』だって喧伝《けんでん》してるもんねぇ。あれ、嘘なのよ？

嘘も暴けるみたいだけど」

「マジかよ。俺、けっこう妹に術を掛けられてきた記憶があるんだが……」

お兄ちゃん練習台になって～とかなんとか、子どものころ何度もやられた。あいつは、なんにも知らない顔して笑ってたけど、実は記憶を見られてたのか？

「ルキアちゃんには筒抜けでしょうね。まあ、真実の神官はそういうものだと割り切っちゃえば平気よ。何百人もの記憶を読んでるから多少のことなんて全く気にならなくなるって友達の神官が言ってたから。あんたも、秘密の一つや二つあるんでしょうけど、ルキアちゃんのあの様子じゃあ、全く気にもしてないんでしょうね」

「そうか……。そうなのか……？」

確かにルキアは能力を得てからも、今も、特に何が変わったという感じはない。

俺の記憶——前世の記憶を見ているのなら、そんなに普通にしていられないのではないだろうか。それとも前世の記憶は見えないのか。神の能力の外側の記憶という感じに……。

まあ、考えても仕方がないか。

そもそも、ルキアが俺の記憶を見てようが、俺の前世の記憶を見てようが、だからなにがどうなるというわけでもない。

——いや、違う。大事なことがあった。

「真実の神の祝福は、古い記憶も見られるのか……？」

「一度に見られるエピソードには限りがあるみたいだけど、記憶にありさえすれば見られるらしいわね。古い記憶でも、意図的に見ようと思えば見られるはずよ？　それに、あの子は、人の記憶を見るの躊躇《ちゅうちょ》しないタイプだしね。私だって見られたし」

確かにローザも見られたと言ってたような気がする。

「どうしたの、そんな深刻そうな顔しちゃって」

「あー……いや、なんでもない。家族の話だから」

俺がそう言うと、マリエラはつまらなそうな顔をして、しかし、それ以上は突っ込んでこなかった。

さすがに、俺とあいつは実は捨て子なんだ、と話すような場面でもない。

それにしても、これまでの振る舞いからして、ルキアはそのこと知らないと思ってたんだが、マリエラの話が本当なら知っていてもおかしくない。

もしかすると、俺たちが実の兄妹《きょうだい》でないということまで知っているのかもしれない。

だが、ルキアはそれを全く表に出していない。ならば、隠しているのか、それとも古い記憶までは見ていないのか。

……いずれにせよ、俺から変にアプローチする必要もないか。

それで、俺たちの関係のなにがどう変わるということもないのだろうし。

「ところで、カイ。あんたの能力ってなんなの？　あんな祝福の能力、知らないんだけど」

マリエラは露骨に話題を変えてきた。やはり俺の能力のこと、見ていて気になっていたようだ。突然消えて、現れたと思ったら資材を大量に出現させる能力……開拓村のことを知らなければ、そう見える。気になって当然だろう。

「マリエラは知らない力だよ。うーん……教えてもいいんだが」

正直、いまさら秘密にしても仕方がない。アラミラについて話すべきかは、少し悩むが。

だが、秘密にしてどうなる？　そういう感じもある。マリエラの命が危険に晒《さら》される可能性は高まるだろうが、こっち側にデメリットは特にないような気もする。

それに、今は味方が一人でも多く欲しい。マリエラは神殿の内情に精通しているだろうし、情報はある程度与えていく方向でいいだろう。

「えっ？　神殿が秘匿してる神の一柱の祝福なんでしょ？　教えてくれるの？」

マリエラはアラミラのことを知らないから、ファーレー十三神のどれかだと勘違いしているようだが、これは仕方がない。まさか、十四番目の神が存在するとは思わないだろう。

「まあ、古くからいるメンバーは、だいたい知ってることだからな。……ただ、これを聞いたら後戻りはできないぞ？　それでも良ければ、全部教えてやる」

「えー、後戻りもなにも、もうあんたの嫁になるつもりでいたんだけど。思ったより、将来有望そうだし、見た目も嫌いじゃないしさ。それに、王妃様ってのも悪くないしねぇ。ルキアちゃんにそう話したら、わりと本気で殴られたけど」

「王妃って……俺が断るかもって思わないのか、お前は」

「王様なんでしょ？　細かいこと気にしないほうがいいわよ？　私、こう見えて愛が深いほうだって思うのよね。後悔させないわよ？　……たぶん」

「自分で言ってて半信半疑じゃねーか……」

マリエラは、まあ美人といっていい容姿をしているが、中身がチャランポランだ。

だが、戦士君の生態を研究している姿もまた彼女の一面だったりして、なかなか妙味がある。まあ、いずれにせよマリエラは基本的には自由にさせるわけにはいかないのだ。

「それで、秘密……教えてくれるの？」

「ん……まあ、いっか」

俺は、自分の生い立ちを含めてマリエラに話した。

あまり、自分の話を詳しく話したりはしないのだが、マリエラは話しやすいタイプだ。変に同情的にもならないし、気楽な相手だ。

嫌われてもいいと思っているからかもしれない。元々、好かれてもいないだろうし。

「——と、いうわけ」

マリエラは静かに聞いていたが、俺が話し終えると顔を上げた。

今まで見たことがないほど瞳がキラキラと輝いていて、俺はウッとなった。

「………………す」

「す？」

「す、すすす、すっごいじゃない！」

興奮したマリエラが、がばっと肩につかみかかってくる。

「なにそれ、なにその前世って！　なにその能力！　そんなことあり得るの？　自分だけの村！　滅茶苦茶《めちゃくちゃ》面白いじゃない！　最高ね、カイ！」

なんだか知らんが、やたらと琴線に触れたらしく、マリエラは大笑いして両肩を揺さぶってきた。戦士君達が、心配して近くまで来るほどだ。

「アラミラ！　アラミラかー！　聞いたことなかったなぁ。神殿が何か悪いことしてるってのはわかってたけれど、まさか儀式自体が特定の祝福者を見つけるためのものだったとはね！」

「いや、祝福の儀式でアラミラの祝福者を見つけるのは、あくまでオマケだろう。あれは、祝福者を一か所に集めて、全部を自分たちで管理するためのものなんだろうから」

「そっか、そうよね。なるほど、考えられてるなぁ……。元々、そういうものだから、そういうものだと思考停止してたわ、私」

「まあ、普通はあんまり深く考えないものかもな」

十二歳で祝福の儀式を受ける。この世界ではそれは「そうだから、そうなのだ」という種類のもので、なぜ十二歳なのかとか、なぜ儀式が必要なのかとか、疑問に感じるほうが少数派だろう。

「じゃあじゃあ、あの戦士君もあの精霊ちゃんってのも、カイの能力から生まれたってことなのよね？」

「そうなるな」

「へー！　へー！　不思議！　物だけでなく、生き物も生み出すなんて無敵じゃない！なんなのあんた。最高だわ！」

心底楽しそうに背中をバンバン叩《たた》いてくるマリエラ。

こんなストレートに褒められることがないので、なんだか俺まで嬉《うれ》しくなってきた。

「じゃあ、カイは戦士君のこと、なんでも知ってるのね？」

「いや、全然知らないけど」

「なんでよ？」

大袈裟《おおげさ》に仰《の》け反《ぞ》るマリエラ。いちいちリアクションがデカい。

「マリエラが知っていること以上のことは、俺も知らないと思う。この島に来て、生きるだけで必死だったからさ、戦士君の生態みたいなことまで考える余裕なかったし」

「じゃあ、あの子たちを非常食にしてたりしないの？」

ん……？　なんか変な単語が飛び出さなかったか……？

「なんて？」

「だから、非常食よ！　畑から穫《と》れるんだから、食べられそうじゃない！　なんかぷにぷにしてて美味《おい》しそうだし！」

「やべぇやつだこいつは」

マリエラが言いたいことは、わかる。

確かに戦士君は、畑から生まれるし、かなり植物寄りの生態と言っていい。だけど、食べようとはなかなか思わないんじゃないだろうか。

いや……俺ももし開拓村の能力が発展してない状態で、アビスもいなかったら戦士君を食べて生き永らえていた可能性も――

「いやいや、ないない。さすがに戦士君を食べるとか考えられない」

「そりゃ、普通の時は食べないでしょうけど、非常時用ってことよ？　非常時には人間だって食べるものなのよ？　人ってのは」

なんか、そんな話は聞いたことある。確かに人間よりは、戦士君のほうが禁忌度が低いだろうか……。いやいや、あんな可愛《かわい》いもんを食えるか！

「非常食にはなりません。ほら、戦士君も怖がってるだろ」

「オサ～……」

近くに来ていた戦士君もマリエラの話にたじろいでいるようだ。

しかし、そんな戦士君の姿に目を細めるマリエラ。

「ふとももとことか美味しそうじゃない。私なら絶対に食べるわ」

「ワイルドだなお前……」

実際のところ、戦士君は弱ると種に戻るから、食べられるかどうかはかなり微妙だ。

まだ俺は戦士君が死ぬところを見たことがない。戦士君の形のまま死ぬのか、それともやっぱり種に戻るのか。種に戻ってもまた戦士君に戻るのなら、事実上の不死だ。

「オサ～？」

「戦士君は死ぬことあるの？」

「オッサー、オサオサ！」

俺のなんとなしの質問にピョンピョンと跳ねて答えてくれる戦士君だったが、残念ながらなんと言っているかはわからなかった。

「死ぬときは死ぬよとか言ってるのかな」

「違いますよマイロード」

後ろから声がして振り向くと、ちょうど来たところだったのか、レンとカエデが立っていた。

「戦士君はなんて?」

「こう言ってるんです。『我々は、あなたが死んだとき共に滅ぶ』って。それは、わたくしちゃんも同じです。だから、マイロードを置いていなくなることはありませんよ」

「死なないって意味? ……そんなことありえるの」

マリエラが口を挟んだ。確かに、死なないとなると能力として過剰だ。

「こういう風に考えて下さい。我々はマイロードと命を共有しているのだと。だから、彼が死ねば我々も一緒に死ぬ。だからこそ、絶対にマイロードをわたくしちゃんたちは守るんです。……あなたも変な気は起こさないでね。マイロードみたいに、わたくしちゃん、優しくないから」

「ひぇ……、わかってるわよ。もう、そんな気はないって……」

レンは昔、マリエラに「操り」の術を掛けられそうになったから、まだ警戒を解いていないようだ。まあ、あの時のこいつは完全に低能やられキャラ感満載だったし、仕方ない。できれば少しずつでいいから、レンの信用を勝ち取って欲しいものだ。

「さあ、お兄ちゃん！　仕事、仕事だよ！　午後には水道もやるんでしょ！」

「そうだったな。じゃあなマリエラ。戦士君は食べるなよ」

「レンちゃんが怖いから、やめとくわ～」

ひらひらと手を振り俺たちを見送るマリエラ。

といっても、どこかに行くわけでもなく、飽きもせず俺たちの作業をずっと見ていて、結局、昼飯時までそこにいて、一緒に食堂へ戻った。

本人曰《いわ》く、すごいスピードで工事が進むから見ていて気持ちが良いとのこと。

確かに、俺、カエデ、レン、戦士君たち、そして精霊たちによる土木工事は進みが速く、すでに磯《いそ》の部分の埋め立ては終了して、船を停泊する岸壁作りに移行しているほどだ。

とはいえ、港の作業は午前中だけで終わり、午後は治水工事だ。

今はまだ小規模な村だから、川の水と井戸水だけでなんとかなっているが、国を大きくするならば、早いうちに水の流れは整えておかねばならない。

上水に関しては基本的に井戸水でいい。うちの場合、魔法で水を出して上水とするという手もある。問題は灌漑《かんがい》用水と、下水用の水である。

幸い、シエルの精霊であるノーム君が水道橋を作れるというので、山の上にある池から水を引くことができそうだ。その水を、用水路で各地へ運ぶ。かなり大がかりな工事になるだろうが、これを最初にやっておけば、後がかなり楽になるのは間違いない。

また同じくらい厄介なのが下水道だ。下手に前世の記憶がある俺は、どうしても全暗渠《あんきょ》の下水道を想像してしまうが、これは難しいかもしれない。単純に知識もないし。

ただ、下水の処理方法に関しては悩まなくていい。単純に、海に流してしまえば問題ないからだ。糞尿《ふんにょう》の類は魚が食べるだろうし、化学物質ではないから、そこまで悪いことにはなるまい。あとは法律で、排水による汚染があり得る産業は認可しないようにしてもいい。ここは絶海の孤島だ、環境が一度ダメになったら、戻すのは時間がかかる。

あるいは、汚物類は一か所に集めてレンの炎で処理するという手もあるにはある。だが、そのシステムだと俺が死んだ後に詰む。重要なのは持続可能な都市とすることだ。

ローマの水道は二千年も利用されているという。そこまでのものを作るのは難しいだろうが、試行錯誤しながらやってみよう。

別に、なにもかも一発で上手《うま》くいかなくたっていいのだしな。

◇◆◆◆◇

「あー、思ったより水の流れって複雑だな」

「……あそこの池から水を引くの？」

「そうなるかなぁ。改良しなきゃ無理っぽいけど」

水道橋を作る前に、アビスと一緒に翼人《よくじん》ブランコで空に上がり、現在の島の川の流れがわかる図を作っていた。

まず水道橋を作るということは、高いところから低いところへと水を引かなければならない。電動ポンプがあればいいが、もちろんないし、手押しポンプでなんとかなるのは井戸の規模までだろう。

ただ、山間部のため池だけでは足りなくなる可能性があるので、平地にもため池は作るつもりだ。すでに池になっている場所をそのまま利用してもいい。風車ポンプを作れば、灌漑《かんがい》用の水を送るくらいは可能だろう。

ただまあ、まずは水道橋だ。

「山間部のため池って、ダム……みたいなものなのか？」

幸か不幸か、この島はかなり土地に高低差がある。俺たちが住んでいるあたりは平野部だが、山間部には自然にできたため池が数か所あるのだった。

ただ、そこから水を引くにしても、ダムのように水位によって水を出す量を調節できるようにしないと、難しいのかもしれない。

なんにせよ、池のほうも手を入れて改良する必要があるようだ。

「……まあ、港を作るよりは楽か」

港は波の力という強烈な外圧に耐える構造が必要だが、水路はそこまでのものはいらない。大きな岩を使わなくても、土嚢《どのう》を上手《うま》く積めば水の堰《せ》き止め自体は可能だ。

上から俯瞰《ふかん》して、都市計画を考える。

港の位置と、俺たちが住む屋敷の位置。

いちおう、屋敷が王城ということになる。これから大きく作り直す可能性もあるが、とにかく王城のあたりが、一番栄えた地域になるだろう。

そう考えると、港から王城までの間が、差し当たりの都市部となる。島で言うと、南西部ということになるだろうか。

水は西の山間部から引くので、西から東へと水の流れを作る路線で、差し当たり問題ないだろう。その後は、必要になる度、追加していけばいい。

池のある場所もチェック。すぐには必要ないだろうが、いずれは用水池として利用する日が来るはずだ。

とりあえず取水地を決定した俺は、それからどういうルートで水道橋を作るべきか、翼《よく》人《じん》ブランコで飛んだまま考え、決定した。

王城がある場所もそれなりに標高があるが、それでも取水地よりはかなり低い場所だ。そして港へと順に下っていけばいいので、水道橋のラインは比較的作りやすい。

「じゃあ、アビス。地図にライン引くのは任せた」

「……うん。ここからここまでだね」

山の中腹にある取水地予定のため池は、自然にできたそれなりに大きい池で、そこから派生して二本の大き目の川がある。一本堰き止めるべきか、それともそのまま使うべきなのか知識がない。まあ、そこもいろいろ試してみればいいだろう。

「さて、こんなもんか。本当は外注に出せれば楽なんだがな」

商売を開始すればいずれは国に来る商人も増え、職人なんかも入ってきて外注も可能になるのかもしれない。だが、今はまだ俺たちだけでやるしかない。

「あっ、マスタ見て。翼竜が飛んでる。まだ残ってたんだね」

「え、えええ？　竜？」

「ほら、あそこ」

翼人ブランコでそれなりの高度を飛んでいたが、確かにアビスが指差す先、島の北側に大きな鳥のような何かが飛んでいる。長い首、茶褐色の大きな翼、立派な尻尾をうねらせて悠々と空を滑空している。

俺もこの島に来て長いが、あんなものがいるなんて、存在すら知らなかった。

「あんなのいたの？　竜？　危なくない？　魔物なんだろ？」

「……ううん、翼竜はおとなしいから大丈夫だよ？」

「そうなのか。リーベルたちは知ってた？」

「知ってたよー。お友達だよ！」

「マジか」

リーベルによると、島の北側の山岳地帯につがいが一組いるだけなのだそうだ。

大人しい性質で、近くを飛んでいても襲われることはないのだという。

「島の守り神みたいな感じだな。つがいなら、赤ちゃん竜も見られるかな」

「うーん。竜は寿命長いし、そんなに卵産まないみたいだから、運が良ければ……かなぁ」

まあ、赤ちゃん竜が生まれたとしても、近くで見るのは難しいだろう。赤ちゃんがいると親竜は警戒心を強めるだろうし。

なんにしても、あんな生き物がいるんじゃ、島の北側は大々的な開発はしないほうがいいかもしれない。竜が希少生物かどうかすら、俺には知識がない。

だが、せっかく自然があるのだから、なるべく壊さないという方針を立てるのも、国作りでは重要なことなのだ。例えば、薪《まき》を得るために伐採をし尽くして禿山《はげやま》だらけになってしまったなんて話も聞いたことがある。

そうならないように、国が管理する必要がある。

弱いものを守るのは、国家の義務だ。

◇◆◆◆◇

港作りに、水道橋、石畳の道路に、灯台の設計、さらには新しい船作りまで、日々は慌ただしく過ぎていった。

まだ、商品を外に売りには行っていない。なぜならまともな船がライムリーグ帝国からぶんどった軍船しかないのだ。その軍船は、一口で言えば盗んだものであり、大っぴらに使うのはマズい。かといって、聖都に行くときに使った高速船は荷室がないので、特殊な用途でしか使えない。ということで、新しくマトモな船を作成しているのだ。

とはいえ、造船の技術などない。知識もない。

だから、それっぽいものをそれっぽく作るだけだ。最低限、沈まなければいい。どうせ、カエデの能力で命を与えてもらって運用する予定だ。商船として過不足ない造りであれば問題ない。商売が軌道に乗ってきたら、その金でちゃんとした商船を買えばいい。

「ああ～……疲れた……」

倒れ込むようにベッドに突っ伏す。

最近は夕飯を食べて少ししたら、すぐにベッドに入って眠るだけという日々が続いている。人に任せてもいいのだが、今やっている箇所は基礎の基礎みたいな部分が多く、俺自身で監督したいこともあって、結局全部自分で指示を出していた。

だから、あっちこっちと移動も多いし、考えなきゃならないことも多い。監督として指示を出したり、内容を確認したりと、とにかく忙しい。

「書類仕事しなきゃ……」

気合を入れて身体《からだ》を起こす。まだ日が沈んでそれほど経《た》っていない。寝るには早い時間だ。明日、日の出のころ起きるにしても十時間は寝すぎである。

俺は一度開拓村に入り、灯《あか》りを借りた。

書類上にまとめておかなければならないことが多く、これらの作業は今日中にやっておかないと、時間が経つほどに、なにをどうしたか忘れてしまう。

記録は残しておかなければ。

「カイ様……いらっしゃいます？」

書類仕事を始めてどれぐらい経っただろうか。

遠慮がちに開かれた扉の先にいたのはユーリだった。

「いるよ～。もう一仕事したら寝るけど……どうした？」

「ええ、少し……よろしいですか？」

「ああ、どうぞ入って」

ユーリが夜に部屋に来るのは珍しい。

アビスやルキアはこっそりやってきて一緒に寝たがったりするが、さすがにユーリは一緒に寝たいということでもないだろう。

少し前の朝、ルキアを厳しく叱っていたし。

「失礼しますね」

部屋に入ってきたユーリは風呂上がりなのか、まだ少し髪を濡《ぬ》らしていて、いつもより色っぽく見えて、なんだか妙な気分になってきてしまう。

「こ、この灯《あか》りは……？　な、なんですのこれ」

今、俺の部屋は昼間のように……いや、昼間以上に明るい。

部屋の中にホタルを何百倍も明るくしたような、光球がフワフワと浮かんでいるからだ。

「これ、シエルの精霊。光の精霊ウィル・O・ウィスプだってさ」

「うぃるおーうぃすぷ？」

「まあ、深く考えなくてもいいけど。ロウソクの高級なやつとでも思えばいいよ」

「……でも、こんな昼間みたいに明るいなんて」

この世界では、まだ夜は闇に支配されている。光源として利用できるのは火だけというような状況だ。

そんな中で、シエルの光精霊は世界で唯一の純粋な「光」と言えるだろう。

「なにをしていましたの？」

「ん、書類仕事。今やってる工事、ある程度は記録を残しておかないと、将来整備する時に困るだろ。壊れた時には修理も必要になるし」

極端なことを言えば、誰がその工事のことを「知っている」かを書いておくだけでも、全然違ってくるだろう。

……まあ、ほとんど俺とカエデの能力頼みで作ってるから、俺たちが死んだ後で補修しようと思ってもロストテクノロジー化してるのは、容易に想像できるが……。

「……そ、そんなことまでカイ様がやっておりましたの？　他の者にやらせればよろしいではありませんか」

「確かに書類整理用の秘書官くらいは用意しても良かったんだけどな」

作業中にメモを取らせて後で清書する係を置けば、俺がこれをやる必要はない。

いずれは用意しなきゃと思ってたけど、ついズルズルと来てしまっていたのだ。人を使うってのは難しい。カエデのような唯一無二の能力を持った者に頼むのは、もうそれ以外ないからいいけれど、誰でもできる雑用を頼むのは難しいところがある。

「……私がやりましょうか。秘書官」

「えっ？　ユーリが？　工事現場での作業だし、汚れるぞ？」

「汚れるって……。カエデちゃんだって、やっているではありませんか」

「それもそうだが……」

カエデはなんだかんだ言って、この島がまだ全然なんにもなかったころから一緒に暮らしているので、何かを頼むのも気安いところがある。

それにあれでカエデはなかなかアウトドア志向というか、クラフト系の才能があるというか、けっこうモノ作りに関しての勘が良いのだ。能力との親和性も高い。

陶芸にもハマってたし、自力だけで大きな風呂も作ってくれたし、お堀作りも能力を最大限に生かしてくれた。あの巨大多脚ゴーレムに至っては俺の発想を凌《しの》いでいたし、今も港に水道にと、大活躍だ。

「カイ様は、私になにか期待していること……ないのですか？　私も……なにかお役に立ちたいのです」

「ユーリは会議でも意見を言ってくれるし、政治的なことに見識も深いから滅茶苦茶《めちゃくちゃ》頼りにしてるよ。俺は政治とかわからないし」

「私程度の見識なんて……。所詮は女子どもの手習い程度のことでしかありませんわ」

今日のユーリは妙に自信をなくしているようだ。

実際、彼女が持っている知識は役に立っているんだが……。まあ、秘書官。ユーリなら頭も良いし適任なのかもしれない。本人がやりたいというのなら、任せてみよう。

「じゃあ、ユーリ。秘書官頼める？　ずっと俺にくっ付いてきてメモをとったり、後で書類にまとめたりする仕事で、けっこう大変かもしれないけど」

「いいんですか？　私、やります！　ずっとカイ様にくっ付いて、手取り足取り教えてもらいながら秘書官やります！　ずっとくっ付いて！」

「お、おう」

まあ、手伝ってくれるなら否やはない。

「じゃあ、明日から頼むよ。それで、今日はどうしたんだ？　なんか用があったんだろ？」

「え、ええ！　カイ様、お疲れのようですから、マッサージをして差し上げようかと思いまして」

「マッサージ」

一国の王女だったユーリがマッサージ。どこからそんな発想が出てきたのか……。いや、この世界のことはわからない部分も多い。王族はマッサージしないという考え自体が、偏見に囚《とら》われている可能性もある……。

「ささ……そこに横になって下さいな……」

どうやらユーリは本気でマッサージをしてくれるらしい。まあ、やってくれるというのならこれまた否やはない。疲れているのは事実だし。

それからしばらく、ユーリからマッサージを受けた。

とはいえ、それほど本格的なものではなく、ほとんど手のひらで体を撫《な》でる程度のものだったが、そんな程度でも心地良く、そのまま眠ってしまいそうに——

「あー！　部屋にいないと思ったら、いた！　なんかエッチなことしてる！」

突然の声に驚いて目を覚ました。

俺はうつ伏せに寝ていたのだが、おしりのところに掛かる重量と、背中に当てられた手の感触からして、どうやらユーリが上に跨《また》がった格好で背中のマッサージをしてくれていたようだ。

断じてエッチなことではない。

「どうしたの？　ルキアさん。私になにか用事があったのかしら？」

取り乱すことなく余裕な様子で言葉を返すユーリ。だが、俺の上から降りることはなく、むしろ太ももで俺の身体《からだ》をホールドする力が強まった感すらある。

俺はその感触と、ルキアの登場にどんな顔をしていいかわからない。

身内にはちょっと見られたくない場面だった。

「ユーリセシルさん、私には、はしたないだの、常識はずれだの、アバズレだの言っておいて、自分はなんなんですか。なんなんですか、もう」

「アバズレとまでは言ってませんが」

少し前にユーリはルキアに対して、俺と一緒に寝るのを禁止している。

まあ、ユーリの言うことにも一理あって、もう十五歳にもなるのに兄妹《きょうだい》で一緒に寝るのは変だし、もし間違いがあったらどうするの？　という至極真っ当な話だった。

それにルキアは裸で寝るタイプなので、余計に悪い。

別に妹に対して変な気持ちになるわけではないが、娯楽の少ないこの島では面白ゴシップとして島中に広まる危険は高い。

なんなら、島がある程度認知されてきた結果、「あそこの若い王様は妹と寝てる」とか噂《うわさ》される可能性が高い。そんな話を聞いたら、俺でも面白がって人に話すだろう。

というわけで、ルキアはそれから俺の寝所には来なくなったわけだが、本人的には我慢していただけのようで、ユーリが来るのは気に入らないらしい。

「ちょっとマッサージをしてもらっていただけだよ」

うつ伏せのままそう言うと、ルキアは小さく「マッサージ？」と呟《つぶや》いた。

「そんなことなら、私がやってあげます。ユーリセシルさんの手を煩わせる必要はありません。兄さんも私がやったほうがいいですよね？」

どっちがいいとか考えたことないんですけど……。

なんなの、この二人。なんで仲悪いの？

「ルキアさん」

ユーリが妹の名を呼ぶ。その声音にはなにか決意のようなものが滲《にじ》んでいる。

「な……なんですか」

狼狽《うろた》えるルキア。

「私はカイ様の妻です。妻が夫の寝所にいて、なにか問題がありまして？」

ユーリは静かにそう言い切った。背中に添えられた指先がかすかに震えている。

確かに、いちおうそういう話にはなっている。いずれは、そうなるのだろう。だが、現段階ではまだなにもないというのも事実だった。祝言すら挙げていない。

ルキアはそんなユーリの心情を看破したかのように、薄く笑った。

「ユーリセシルさん。それ自称でしょ？」

「どうして、そう言い切れるのです？」

「真実の神の祝福者に嘘《うそ》が通じると思わないほうがいいですよ。あなたと兄との間には、まだなにもないはずです」

はっきりとそう言い切るルキア。

俺は少し前にマリエラから聞いた話を思い出していた。

真実の神の祝福者の力は、嘘を暴く力ではなく「記憶を見る」力だと。ルキアがユーリの話が嘘だと言い切るからには、当然俺かユーリにその力を使ったということなのか。

「ルー。見たのか？」

「えっ？」

「俺かユーリの記憶をだ。そうじゃなければ何もないなんて、言い切れるはずがないだろ」

「見たって……どういう意味ですの？　カイ様」

やはりユーリも知らなかったらしい。能力の詳しいところなど知らなくて当然だ。

「……見たけど……お兄ちゃんのだけだもん」

すぐに俺が「真実の神の祝福者は、人の記憶を見ることができる」ことを知っていると、察したらしく、くちびるを尖《とが》らせて見たことを認めるルキア。

俺とユーリのことを知っているということは、俺が寝ている間に見たということだろう。

さすがにこれは兄として、一言云《い》っておかねばならない。俺は身体《からだ》を起こした。

「ルー。お前はバカじゃないからわかっていると思うけど、その能力は気楽に使っていいものじゃない。記憶を見るってのは、それだけ難しいものがあるって俺は思う。神殿で、そう教わらなかったか？」

「教わったけど……お兄ちゃんは、自分にならいつでも術を使ってもいいって言ってたもん」

「そんな子どもみたく言ってもダメ。まあ、最悪俺にならいいよ、別に。でも、能力ってのは難しいもんだ。下手をすれば、怖がられたり避けられたりすることだってありえる。まして、真実の神はな……」

みんな『記憶を見る』能力だとは知らないから、大丈夫だと思うが、それでも慎重にしたほうがいいのは確かだ。能力者というのは、一種の超人だ。集団の中での立場は気にしたほうがいい。

「私はお兄ちゃんがいればそれでいいんだもん……」

「ルキアさんは、根っからのお兄ちゃんっ子なんですねぇ」

ルキアのちょっと度を越したブラコンぶりに、ユーリは目を細めた。だが、それがルキアには気に入らなかったようで、ユーリをキッと睨《にら》みつける。

「あ、あんたが！　あんたがいるからお兄ちゃんが私にあんまり構ってくれないのよ！　お兄ちゃんも、お兄ちゃんよ！　絶対、騙《だま》されているのよ！　こ、こここ、こんな美人がお兄ちゃんの嫁とか……！　なによ、モンディアルの宝石って……！　そんなの、私なんかが敵《かな》うわけないじゃない……！」

吐き出すようにルキアは溜《た》まっていたものを吐露した。

よくわからないが、きっとルキアは俺と再会してまた今までと同じような生活ができると期待していたのだろう。それなのに、美人だらけだし国作りだし王様だしで「なんじゃこりゃー」となった……そういう感じに違いない。

まあ、確かに俺がもしルキアを探していて、今の俺のような状況だったら「なんじゃこりゃー」となっていたのは間違いない。

「……ルキアさん。私のことが信じられないのなら、私の記憶を見なさい」

騙されてるという部分が気に障ったのか、ユーリはそんなことを言った。

「ちょっと、ユーリ。さすがにそれは……」

「いいんですカイ様。この駄々っ子《だだっこ》には『真実』を見せてあげたほうが早いです」

「しかし……」

まあ、俺もユーリのことはよく知らないのだ。彼女がいう真実がなんなのか……俺は知らない。俺に対する好意は自惚《うぬぼ》れではなく本物だと思うが、ユーリはそれをルキアに見せたいのだろうか？

「いい度胸です。真実の神イデアの前では、あなたの欺瞞《ぎまん》も虚栄も全て暴かれるんですからね！」

「私には欺瞞も虚栄もありませんよ。いえ……かつてはあったかもしれません。ですが、今は肩書もありませんし、一人の女としてカイ様を愛しているだけです」

「ぐっ……。言ってなさいよ！　『真実の瞳』！」

ルキアがユーリの手を握り、能力を発動させた。

薄い寝間着越しに聖印が淡く輝き、ルキアは瞳を閉じたまま固まった。

「……止めたほうが良かったか？」

「いえ、この子にはお灸《きゅう》を据える必要があります」

「お灸……？」

ユーリの記憶を見ることが、ルキアにとって罰になるのだろうか。

ルキアはたっぷり五分ほど、手を握り目を閉じていた。

記憶の読み取りが完了したのか、静かに目を開いたルキアは、さっきまでの剣幕《けんまく》が嘘《うそ》のように沈痛な表情で、握っていたユーリの手を放した。

「どうです？　欺瞞《ぎまん》や虚栄はありましたか？」

「……ごめんなさい。ユーリセシルさん……こんな辛《つら》い記憶を抱えて生きてるなんて、私、知らなくて……」

「いいのよ。私はその代わり、カイ様に救っていただきましたから」

「うん……疑って、本当にすみませんでした。お兄ちゃんに対する気持ちも……」

ユーリに頭を下げるルキア。

ホントにお灸《きゅう》を据えられてしまった。

たぶん、ルキアが見たのは、モンディアルが攻め込まれた時の記憶だろう。

モンディアルという国はもう存在しない。そして、本人が話すまでこちらからは触れまいと、俺は詳しい話を聞いていない。特に、彼女の家族がどうなったかなど、聞くまでもないことだ。

ユーリは、彼女の近衛《このえ》隊に守られて、命からがら城から落ち延びたところを、ファウゼルたち奴隷商に捕らえられた。それ自体も悲劇だが、本当に辛い記憶は、その前までにあるのは間違いない。

頭を下げるルキアに、ユーリは優しく笑いかけて言った。

「じゃあ、これからは私のことはお姉ちゃんって呼んでね？」

「それはお断りです。まだ、勝負は決まってませんから！　ライバルとは認めてあげます！」

「ふふ、ずいぶん私に有利そうな勝負ですけれど、負けませんわよ？」

結局、仲直りしたんだかしてないんだか。

……てか、勝負ってなに？

◇◆◆◆◇

忙しい日々は、あっという間に過ぎていき、港と水道の整備にある程度目途が立つころには、すっかり夏になっていた。

「あ……暑い……」

港は精霊さんたちの活躍もあり、ほぼ完成。実際に船を浮かべてみても使用に問題はなさそうな状態だ。鉄製の係船柱も埋め込んだし、防波堤も作った。

そして、今は工事班を総動員して灯台を作っているところだ。

「ちょっと、無謀なサイズだったかな……。さすがに……」

最初は、普通に交易すればいいと無邪気に考えていたのだが、冷静になってみるとこの島の立地はかなりわかりにくい。

神殿はこの島までの航路図だか、羅針盤だかを持っているようだが、普通の商人がそれを持っているのかどうかわからない。

ならば、せめて大き目の灯台を設置する以外にないわけだが、ある程度以上の大きさがないと焼石に水……灯台としての役目をほとんど果たさないのは明白だった。

というわけで、一〇〇メートル級のものを作成中なのだが――

「やっぱり、夏場の作業はちょっと厳しいものがあるな……」

「この島って、夏はこんなに暑くなりますのね……」

「兄さん、休憩したほうがいいですって。水飲みます？」

秘書官として一緒に働いてくれているユーリと、なぜか自分もやるとくっ付いてきたルキアの三人で現場の監督をしているのだが、実際の作業をしていなくても、けっこうしんどい。

実作業をしているのは、精霊さんたちと戦士君、そしてカエデのゴーレムなのだが、彼らは実にタフであり、この暑さをものともしない。まあ、人間じゃないから当然なのかもしれないが……。

結局、俺たち三人は木陰に入って休憩することにした。

まあ基本的には精霊さんたちだけで建築そのものは進む。カエデのゴーレムは資材の切り出しと運搬業務を担当しており、こちらもすでに指示がいらないのだ。

「……それにしても、まるでお城ですわね。これを見る為《ため》に人が来るようになるのでは？」

「かもしれないな。この規模の灯台があるとこは、あんまりないだろう」

正直一〇〇メートル級のものは過剰だったかもしれないが、文字通りのランドマークタワーとしての役目もある。

倒壊が怖いので、かなり太めに作っているから、いずれは中に時計を仕込んで灯台兼時計塔にしてもいいかもしれない。そしたら、鐘も仕込みたいな。

作り方としては、大き目の石材を積み上げる方式だが、ある程度できるたびにカエデの『仮初《かりそめ》の命』で命を与えてもらい、塔本人（？）に、崩れないように石材の積み替えと結合をしてもらっている。

通常の建設ではあり得ないチートだが、カエデがいればこれができる。逆にいうと、カエデがいなかったら、こんな大きな建造物を作るのは危険すぎてやらなかった。

もちろん精霊さんたちの力も大きい。単純に巨大な塔を作るということ自体が、俺とカエデと戦士君だけでは難しすぎたからだ。

今は丸い塔を作成中なのだが、精霊さん抜きだったら、四角柱の塔になっていただろう。石材で円柱を作るのはなかなか技術がいる。

「まあ、でもこれもそろそろ完成ではあるな」

そびえ立つ塔は、この島ではブッチギリな高層建造物だ。おそらく世界的に見ても、かなり上位に入るだろう。ファーレー教の大聖堂よりも高さは上なのだ。

実際的な運用はまだ先になるだろうが、これと港ができていれば、とりあえずの受け入れ態勢はOKといっていい。

あとは、宿などの整備だが、こちらはそれほど時間はかからない。

「ユーリ、ルキア。これが完成したら、次はいよいよ営業に出るよ」

「営業？」

「営業は変か。なんだろ、貿易……いや、行商か……？」

とりあえずは、普通に商品を売って外貨を稼ぐだけである。

売る、買う。これを繰り返す。

とりあえず、ちゃんとした船を買いたい。いちおう、なんとか商船らしきものは完成したが、一隻だけというのもなんだし、もっとしっかりしなければ。

「カイ様、当然それは秘書である私も連れて行ってもらえるのですよね？」

「あー！　ズルい！　私も当然行きます！」

ユーリとルキアをなぁ……。まあ、二人とも能力者であるし、連れて行くのはやぶさかでもない。どっちにしろ、船はカエデに出してもらうのだし、航海上の危険はほとんどない。別に着いてから開拓村経由で合流してもいい。

ただ、二人とも美人すぎてちょっと心配。

ルキアは小さいころから可愛《かわい》かったが、今ではすっかり大人っぽくなり、俺でも身内じゃなかったら放っておかないレベルの美人になってしまった。

ユーリに至っては言うまでもない。こんな無人島生活なのに、これだけの容姿を保ってるのが不思議なほどだ。美容に使えそうなものなんて、塩とか油とか、石鹸《せっけん》とか、そんなものしかないのに。やはり元が良ければなんとでもなるということなのか。

とはいえ、今回はファウゼルも連れて行くし、護衛のレンとアビスもいる。いざとなったら、ユーリは盾の能力があるし、ルキアに至っては「時」と「死」だ。まあ、滅多《めった》なことにはなるまい。

「じゃあ、みんなで行くか！　外での買い物も久々だし、みんな欲しい物あるだろ。今回は売上金を全部使っちゃってもいいと思ってるから、散財しよう」

この島に来てから、ずっとピリついていた部分は確実にあった。

だが、今はある程度いろんなことが片付いて、次へ進んでいるところだ。少しぐらい息抜きがあってもいいだろう。

一回の商いで、おそらく前世でいえば数百万から数千万に近いお金が手に入る。そこそこ大きい商船一杯に詰め込まれた商品すべてを売るのだから、当然である。

そして、その金でまた船一杯に物を積み込んで帰る。まあ、多少お金をプールしておいて、商船を買う代金にするのも大事だろうが、これから何度でも貿易は繰り返すのだ。最初の一回くらいは、自分たちの楽しみのために使っても問題あるまい。

そして数日後、灯台は無事に完成した。

港の近くで一番の高台に建てたから、海面から見ると本当に巨大だ。

海面から光源までの高さは軽く二〇〇メートルはある。

光源は火だ。これについては、とりあえず薪《まき》を焚《た》く。大量にくべれば、それなりの火力になるだろう。本来、こんな孤島では薪を十分に手に入れるのは大変なことなのだが、そこは開拓村のおかげ。ほとんど無限に用意できる。

完成後の夜に、試しに船で沖に出てみたが、相当離れていても光が確認できた。

ただ、あまり光が弱いと星と区別が付きにくいので、風の力かなにかで反射板をクルクル回して光を明滅させるギミックを用意したほうがいいかもしれない。

商船のほうも港にスタンバイOKだ。商品のほうも、すでに積み込んである。

カエデの能力で船に命を与えると、ものすごいスピードが出るので、目的地まで数日で辿《たど》り着《つ》く。すぐに腐るものは積んでいないが、速いに越したことはない。

船に乗り込むのは、俺、アビス、レン、カエデ、ユーリ、ルキア、ファウゼル。

カエデが行くということでエドワードも一緒に来たがったが、奥さんとカエデに「子離れしろ」と叱られ、しぶしぶお留守番だ。

まあ、彼には守護聖人《せいじん》たちを見張ってもらいたいので、いずれにせよ残ってもらうつもりだった。サラも一緒に行きたそうだったが、ある程度の戦力は島に残しておきたいので、我慢してもらった。

セレスティアルもビーエもマリエラも、ある程度は自由行動を許しているが、特にこれといった行動はせず大人しくしている。いずれにせよ島からの脱出は不可能だし、問題はないだろう。

ちなみに、セレスティアルとビーエはもう再会させた。

セレスティアルは魔法を封印してあるので、普通の少女のような力しか出すことができない。それでもいちおうビーエとの主従関係は維持されているようで、二人で散歩したりしてのんびり過ごしているようだ。

船上に立ち、すべての準備が整ったか確認。

まあ、もし忘れ物なんかあったとしても、いつでも島に戻れるというのは心強い。

「じゃあ、いくか！」

「うん！　じゃあ発進させるよ？」

「ヴィヴィ！」

『仮初《かりそめ》の命』を与えられた商船が、力強く返事をして、スクリュープロペラを回転させる。

船は一路、西へと進路を取った。

目指すはライムリーグ帝国。港街アネーロ。

ファウゼルの実家である。

第二章

向かい風だろうが、横風だろうが、全く苦にすることなく爆進する我らがボロ船。

カエデからアホウドリ号という名前を付けられて、凄《すさ》まじい速度で航行中である。

名前の由来は、甲板で羽を休めに来たアホウドリが可愛《かわい》かったからという簡単な理由だ。ちなみに、デカくて食べ応えがありそうだったので、捕獲して数羽開拓村に放り込んでおいた。食用以外に、羽毛をとるにも適していそうだ。

カエデに命を与えられた船は、完全に固定されたスクリュープロペラを回転させて、自分の意思で船を進めることができる。

本来ならば、エンジンかモーターでも無ければ、これだけの速度は出せないはずだ。しかも帆船のように風の強さや向きに左右されることがない。まだ蒸気機関もあるかどうか怪しいようなこの世界では、おそらく最強だろう。

昼は航行、夜はカエデの能力の限界もあるので、就寝というペースで数日。

あっという間に、沿岸部近くまで辿《たど》り着《つ》いた。

「あと半日もすれば着くな。こっからは、帆を張っていこう」

「アイアイサー！」

「オサオサー！」

さすがに、港に船を着けるのに謎動力というわけにもいかないので、帆船のふりをして接岸する。帆を張るのはレンと戦士君たちが担当してくれるが、張り方はよくわかっていないので適当だ。はっきりいって、追い風以外では前に進むことすらできない。

だが、さしあたりはこれでいい。パッと見て違和感がなければ。

もっと近くに接岸したら、オールを使って進むスタイルに切り替えるつもりだ。

アビスの魔法で帆に風を送り、ゆっくりとした速度で進むアホウドリ号。

「けっこう早く着いたけど、これ、普通の船だったらどれぐらい掛かるんだろうな？」

横にファウゼルがいたので訊《き》く。

「上手《うま》く風を掴《つか》めば十日ぐれぇだろうが、風の向き次第じゃ難儀するかもしれねぇな。余裕を見るなら二十日は欲しいだろうが、そうなるとある程度大型船じゃねぇと難しいかもしれねぇ。食料もそのぶん積み込む必要があるだろうし」

「途中で補給するところがないもんなぁ……」

彼の見立てでも、やはり厳しいのではないかというものだった。

ファウゼルによると、普通、商船は沿岸を延々と航行するものだという。なるほど、陸地が常に見えているならば、羅針盤の類は必要ない。補給も楽だ。

その点、俺たちの島に来るとなれば、沿岸からは離れてなんの目印もない大洋を行かなければならない。船乗りについての知識はないが、沿岸部を航行するよりはリスクが高いのは間違いない。

「やっぱり、大商人とか貴族のお抱え商人とか、そういうのを相手するしかないか」

「実際どうなのかは俺もわからねえ。船は好きだが、船乗りってわけじゃねぇからな」

まあ、何事も焦って決める必要はない。

俺たちが暮らす島は実際はかなり大きい島だ。方角さえ正確であるなら、辿《たど》り着《つ》けないということはないと思う。

そもそも、島の近くまで漁船が来ていることはあるのだから、小型の船では来られないということはないはず。あの漁船を捕まえて、どうやって島のところまで来たのか訊いてみてもいい。

「マーイーロードー！」

マストのてっぺんに登って、周囲を見張っていたレンがデカい声を出しながらスルスルと降りてきた。

「どうした」

「なんか船が近寄ってきてますよ。五隻くらい。けっこう大きい船」

「へぇ。沿岸警備隊かな」

そんなものがあるのかどうかは知らないが、そろそろ港に着く。まだ肉眼で見えないくらいには陸までの距離が離れているが、変な船が上陸しないように警備の船が巡回していてもおかしくはない。

「おい、大将。あれ、海賊船じゃねぇのか？」

「海賊船？」

横にいたファウゼルが警鐘を鳴らす。海賊船って、なんだっけ？

「知らねぇのか？　海の盗賊だよ。商船なんかを襲って金品やら商品やらを強奪するんだぜ。乗員も捕まったら奴隷にされちまうんじゃねえか？」

物騒な話をしながらも、ファウゼルは歯を剥《む》き、なんだか楽しそうだ。

うん。まあ知っていたよ。海賊は知ってる。ただ、それが実際にいて、自分が襲われるかもとはチラリとも考えていなかっただけで。

海賊ってマジで実在するんだな。

「もしかしたら、私掠《しりやく》船の可能性もありますわね」

ユーリもやけに冷静にそんなことを言う。

「私掠船？　海賊とは違うのか？」

「海は広いですからね。私掠……海賊行為を国が認め、敵国の船を襲わせるんですわよ。海軍のみで海を守るのは容易ではありませんから。とはいえ、あの船が帝国側か、それとも近隣国のものかはわかりませんが」

「こっちは完全にフリーの商船だからなぁ」

あれが海賊でも私掠船でも、やることは変わらない。

「まあ、適当に対応するから、とりあえずユーリたちは船底に隠れていてくれ。俺とファウゼル、アビスとレン……あとは戦士君たちだけでいい」

船というのは簡単に無力化できる乗り物だ。なにせ、動力が限られている。

魔法の撃ち合いになるならともかく、近接攻撃手段しか持たない者相手なら、それほど警戒する必要はない。

「お兄ちゃん、私も参加しようか？　海賊の嘘《うそ》を暴けるよ？」

「尋問するのは相手を捕らえてからだから。とりあえず隠れててくれ」

「私は盾が使えますから、一緒にいても？」

「いや、それもとりあえずはいいかな。ユーリやルキアが甲板にいて、海賊どもが変に張り切っても困る。なにせ二人とも美人だから」

海賊が戦利品とするものの半分は女や子どもだろう。昔、マンガで読んだから知ってる。

俺の言葉に二人は、薄く頬《ほお》を染めた。

「……わかりました。その言葉に免じて折れましょう。気を付けて下さいね」

「確かに海賊なんかに変な目で見られてもいやだもんねー。大人しく隠れてまーす」

まあ、二人が美人なのは確かだ。ただ、俺の感覚では戦闘に参加するアビスとレンも同じくらい美人なのだが……まあそこは置いておこう。魔法使いと比較しても仕方がない。

「たぶん、戦いにならないと思うよ」

船倉に入っていく二人を見やりながら、俺は小さく呟《つぶや》いた。

俺たちの戦力は、一般的な武装集団と比較しても頭十個は抜けている。魔法使いが三人もいる上に、戦闘巧者のファウゼル、無尽蔵に魔法を繰り出すアビス、火力の化身のレンとそれぞれが強キャラだ。

あと、トテトテと可愛《かわい》らしくて忘れがちだが、戦士君も普通に強い。海賊がどれだけの戦闘力を持っているのか知らないが、下手をしたら戦士君一体で完勝する可能性すらある。ゲームだったらオート戦闘でノーダメクリアできるようなイベントである。

海賊船と思《おぼ》しき五隻の船は、俺たちの船を取り囲むような進路を取った。

こちらに用があるのは間違いないようだ。

海賊船の左右側面には十本程度の長いオールが取り付けられており、手動操作で船を上《う》手《ま》く操り俺たちの船の進路を塞いでくる。

見た感じ大砲らしきものは積まれていない。例のドクロマークの海賊船旗も掲げていない模様。

ていうか今気付いたけど……旗か。

船はなんか旗を掲げなきゃならなかったのかもしれない。どこの船で、なぜここにいるのか、そうじゃなきゃさっぱりわからないのだから。まあ、俺たちの船はボロだし、漁船なんかは旗なんか掲げてないような気もするから、問題にはならないかもだが……。

まあ、次から気を付けよう。

のんきにそんなことを考えていると、俺たちの船を取り囲み終えた五隻の内の一隻が接近してきた。

大声でこちらに停船を呼び掛けてくる男は、それほど粗野な印象はなく、海賊なのかどうかは五分五分といった印象だ。

こちらが停船すると、向こうの船から武装した男たちがドヤドヤと乗り込んできた。武装は剣や斧《おの》や弓などだ。男たちはそれなりに体格も良く、日焼けした肌と太陽光で焼かれて縮れた髪が、いかにも海の男といった風情。

十中八九海賊だが、とはいえ俺は世事に疎い。帝国の巡視船かなにかの可能性もある。

俺はアビスとレンに護衛を頼み、油断なく前に出た。

船に乗り込んできた八名の男たちの中から、一歩前に出たのは、あまり強くなさそうな線の細い美青年だった。

こいつが頭目なのだろうか。普通に考えれば、一番力の強いやつが頭目になるものと思うが、海賊稼業はパワーよりも、いろいろと必要な力があるのかもしれない。

「あんたたち漁民っスか……？　いや、そんな感じではないっスね」

リーダー格と思《おぼ》しき若い男が言う。

妙に軽い口調だが、どうやらこちらが何者か測りかねているようだ。

「ただの零細商人ですよ」

「行き先は……ライムリーグ帝国っスか？」

「もちろん」

ちなみに、相手が何者なのか測りかねているのは、こちらも同じだ。だから、あえて正直に話すことにした。

巡視船なら恭順路線だし、海賊なら倒すだけだ。腹芸を使う意味はない。

「なら荷をすべて頂くっス。素直に寄越《よこ》すのであれば命だけは助けてやる……っス」

男たちが一斉に武器を抜きこちらに向けてくる。

やはりというか、残念ながら海賊だったらしい。

想像する海賊像よりマトモだったので、もしかしたら違うのかなと思ったのだが……。

連中が乗ってきた五隻の船を見る。

五隻とも同じ船だ。全長二〇メートル級の帆船で、乗組員は各船に十五名程度だろうか。

取り囲んでいる残りの四隻は、特に近付いてくる気配はない。おそらく、一隻だけで十分だと考えているのだろう。

俺たちがただの商船だったなら、その通りだっただろうが――

「アビス、こいつらは全員電撃で眠らせて。殺さないようにな。レンは帆を焼け。五隻共」

「……了解」

「アイアイマイロード！」

海賊たちが反応をするよりも前に、アビスとレンは動いていた。

というより、レンが紅蓮《ぐれん》の炎《ほのお》をその両手から出現させた時点で、男たちは手を出してはいけないものに手を出したのだと本能的に理解したようだった。

魔法使いは一般の兵千人分の力を持つと言われている。

それだけこの世界で「魔法使い」とは規格外の存在なのだ。


――数分後。

俺たちの船に乗り込んできた海賊たちは全員アビスの電撃を喰《く》らって気絶。

海賊船はレンの遠距離魔法で帆を焼かれて航続能力を喪失。乗組員は白旗を揚げた。

さすがに、オールを使った人力航行だけで逃げる気にはならないらしい。

というか、この程度の相手ならアビス一人いるだけで、簡単に制圧できてしまう。レンまで入れれば過剰戦力で、さらに戦士君とファウゼルまで余らせている。

改めて、自分たちの力の異常さを感じるな……。

「それで、どうすんだ？　こいつら」

伸びている男たちを前にしてファウゼルが言う。

「んまぁ、普通に考えれば憲兵かなにかに引き渡せばいいんだろうけど……」

それだと、あんまり旨味《うまみ》はなさそうだ。

少なくとも船はいただく。船は貴重品。買えば高いだろうし、造船の技術的にも興味がある。なにより、開拓村にちゃんとした船をそろそろ入れたい。

前に手に入れた軍船は現実世界で使う用なので、開拓村に卸してはいないのだ。

「とりあえず……この青年がリーダーなのかな」

代表して前に出たちょっとチャラい感じの青年は、白目を剥《む》いて伸びている。人間は電撃にはどうしたって弱い。今のところ人間に使って後遺症が出たということはないが、海で使うのはちょっと危なかったかもしれない。

水に濡《ぬ》れていると電気抵抗が下がって、感電の危険度が上がると聞いた記憶がある。

まあ、それでも他の手段よりは安全だ。

こん棒でぶん殴ったり、火で焼いたりするよりは……。

「こいつは起こして話を訊《き》くか。アビスとレンは残りの連中を縄で縛っちゃって」

「話なんぞ訊く必要ねぇと思うがなぁ……」

「いやいや、貴重な情報源だよ」

俺たちは、しょせんは孤島暮らしの世間知らずだ。

ファウゼルは元傭兵《ようへい》だから、ある程度は情報に明るいだろうが、それでも個人で手に入れられる情報には限度がある。

「おい、起きろ」

海賊の頭目を揺すると、「ん……」とうめき声を出して目を覚ました。

「あ……あれ……？　あんたたち誰っスか？　ボク、なにしてたんだっけ」

電撃でいきなり昏倒《こんとう》させられたからか、記憶が曖昧になっているようだ。

しばらく呆《ほう》けていたが、周りで縛られている部下を見て、ようやく状況を把握した。

「……魔法使いが……乗ってたんスね。これで終わりってことっスか……」

ガックリと項垂《うなだ》れる頭目の青年。まあ、海賊行為をやろうとして失敗すれば、当然終わりだ。憲兵に引き渡せば、良くて縛り首。悪ければ拷問も付いてくるだろう。

「ん、まあ命は助けてもいい」

「おい」

ファウゼルが止めようとするが、やはり殺されるとなると可哀想《かわいそう》な気がする。海賊は悪いことだが、なんとかとハサミは使いようと言うし。

「み……見逃してくれるんスか……？」

すでに半泣きの頭目。潤んだ瞳がこちらを見上げてくる姿は男とは思えないほどに美しく、女だったらイチコロで許してしまいそうだ。つーか、こんな美青年なのになんで海賊なんてやってたんだろ。意外と仕事ないのか、帝国にも。

「そうだなぁ。ちょっとお前らの使い道を相談してみてからになるが……」

「海賊に使い道なんかねぇぞ。そもそも、信用できねぇ連中に任せられるものなんざ、捨て駒ぐれぇのもんだぜ」

ファウゼルの苦言もわかる。

確かに、こいつらに代わりに商品を売ってきてもらうのは難しいだろう。姿をくらますのが落ちである。住民候補とするのも微妙。

かといって、そのまま見逃せばまた海賊稼業に戻るだけだろう。それで泣きを見る人間が出るのはいただけない。

「すぐ決める必要もないし、とりあえず全員時を止めて島に運んでおくか？」

もしかすると全員分は能力の限界的な意味で無理かもしれないが、島に戻ればローザだっている。結論を後回しにするのに、時止めの能力は実に便利である。

結局、後で考えるために船倉からルキアを呼んだ。一緒になってユーリもくっついてきたが、まあほとんど全員昏倒《こんとう》中だから問題ないだろう。

「もうやっつけたの？　さすが、お兄ちゃん！」

「お兄ちゃんは別に凄《すご》くないんだけどな……」

どうしてルキアがこんなにお兄ちゃんっ子に育ってしまったのかは謎だが、まあ、海賊を数分で無力化するのは、確かに凄いことかもしれない。やったのはアビスだけど。

「それにしても、海賊なんて本当にいるんですのね……」

ユーリも甲板上で伸びている男たちに眉をひそめている。

まあ、なんだかんだ言ってユーリは元王族で、蝶《ちょう》よ花《はな》よと育てられたお姫様なのだ。実際の海賊など見たことがないのだろう。いや、まあ俺も見るのは初めてだけど。

「……え？　ひめ……さま……？」

一人だけ意識のある頭目の青年が、呆気《あっけ》に取られたような顔で呟《つぶや》いた。

「ん？」

青年はまっすぐユーリのほうを見つめている。

茫然《ぼうぜん》として──幽霊でも見るかのように。

ユーリのほうも、すぐにその視線に気付いた。

一瞬視線を合わせて外し、すぐさまもう一度青年の顔を見る。

絵に描いたような二度見だ。

「え……嘘《うそ》。あなた、レイラ……？　レイラなの……？」

ユーリがその名前を口に出すと、青年はパァッと顔を輝かせた。

「そうっス！　こんな格好してますが、レイラっス！　やっぱり姫様！」

なんだか知らんがユーリの知り合いらしい。

「うわぁあああ！　姫ェ！　ぜったい殺されちゃったたって思ってたっス！　い、生きてたなんて！　諦めないでいて良かったたっスぅううう！　痛いっ！」

ユーリに抱き着こうとして、レンに引き倒される青年。

そのあと、もう一度ユーリの顔を見て、めそめそと泣き出してしまった。

「姫様と呼ぶってことは、ユーリんとこの元国民なのか？」

「ええ、彼女のおじいさまがモンディアル海軍の提督だったので、親しくしていたのですが……。なんで男の子みたいな格好してるんでしょう、彼女」

首をかしげるユーリ。美青年すぎるとは思ったが、どうやら男装だったらしい。

海賊をやるにあたって、男の振りをしていた——そんなところだろう。

つまりモンディアルの生き残りで幼馴染《おさななじみ》。

しかも、提督の孫となると貴族だろうか？　いや、ユーリの国には魔法使いはほとんどいなかったらしいからわからない。そもそも、海軍に魔法使いを配置するものなのかどうかも知らないし。

「ユーリ。旧知の人間に会えたわりに……あんまり嬉《うれ》しくなさそうだな」

「嬉しいですよ。ですが、まさかこんな場所で再会するとは夢にも思わなかったので……。困惑しています」

おそらく、彼女――レイラは国の中では高い地位にあっただろうに、それが海賊に身をやつしていたのだから、ユーリとしてはショックだろう。

戦争の責任が誰にあるのかなんて俺にはわからない。だが、国のトップである王族だったユーリは、限りなくその「責任」を取るべき立場に近い存在だろう。

「……私は、ずっと感じていました。あの戦の責任を取らなくていいのか……、自分だけ幸せになるなんて許されることではないのではないかって……」

「難しいな。別人ってことにするか？　他人の空似ってことにしてもいいんだぞ」

「もう。そんなこと……できるわけないのです」

はっきり言ってしまえば、ユーリに責任を取る手段なんてない。

もし、モンディアルの王族を憎んでいる元国民がいたとしても、せいぜい「王族を殺せば気分がすっきりする」という程度のものだろう。ユーリがそれで死んで見せたところで、本質的な意味での救いはない。

というかモンディアルが滅んだのはユーリが十三歳のころだ。この世界では大人扱いに近い年齢だとはいえ、普通に考えれば戦争の責任などあるはずがないのだ。ユーリは頭が良いから、そんなことはわかっているはず。

だが、それでも元王族であることに違いはない。

だからこそ割り切れないのだろう。

「あっ！　みんなにも教えなきゃ！」

めそめそと泣いていたレイラは、がばっと顔を上げて突然そんなことを言った。

みんなというのは、後ろで伸びている連中のことだろう。

「こいつらも全部元モンディアルなのか？」

俺がそう質問すると、レイラは目をぱちくりさせた。

「えっ？　あなた誰ですか？　姫様のなんなんです？」

「俺はカイだ。この船の持ち主だよ」

とりあえず、不要な明言は避けておく。間違えたことは言っていない。

「あ、船頭さんですか。そうですよ。彼らはみんな元モンディアル公国民っス」

「軍人なのか？」

「半分くらいはそうっス。まあ、あの魔法使いの子に簡単にノされちゃったっスけど」

「レイラ、詳しく訊《き》いてもいい？」

「もちろんっス！」

彼女の話によると、もともとレイラの祖父が率いる海軍も、攻めてくる帝国軍相手に慣れない陸地で戦ったらしい。だが、奮戦空《むな》しく敗戦。

壊滅的な状況に陥りながらも、彼女の祖父は部下たちに撤退を命じ、レイラはその時すでに集められていた女性や子どもたちと一緒に船に乗せられたのだという。

モンディアル公国はライムリーグ帝国と陸続きのため、帝国海軍は物資の輸送以外には船を繰り出してきていなかったとかで、そのまま海上へと難を逃れることができたのだとか。

とはいえ、総勢でたったの一五〇名程度。それも、軍人は半分程度であとは、彼らの家族やその子どもたちなのだという。

「それで逃れたものの、どうすることもできず海賊稼業で糊口《ここう》を凌《しの》いでいたと」

「ち、違うっス！　ボクたちはずっと帝国と戦ってたんっスよ！」

「女や子ども乗っているのに、戦闘していたのか？」

「帝国軍はちゃんとした海軍がないっスから、ボクたちだけでもけっこう戦えてたんです。でも、途中から魔法使いが護衛で乗るようになって、それからは逆に逃げる側になってしまったっス」

そりゃ帝国だってバカじゃないんだから、何度も襲撃されれば対策もしてくるだろう。

しかし魔法使いが出てくるとなると穏やかじゃない。可愛《かわい》い顔して、かなりやりすぎていたのかもしれない。

それにしても、いくら帝国の海軍が弱いといっても、こんな人員やら装備やらでそこまで無双できるとなると、彼らの操舵《そうだ》技術は本物ってことだ。

「それからは、どうしてたんだ？」

「船を隠して陸に上がって、荷下ろしの仕事とかしてました。でも、子どももたくさんいるし……食料もお金も底を突いてしまって、軍じゃなくて帝国に荷を卸す船を襲うべきだって話になって……。帝国の力を削《そ》ぐって意味では同じっスから……」

海賊行為が悪い行いだとは自分でも思っていたらしく、シュンとなるレイラ。

なるほど、帝国軍は無理でも彼らの実力なら商船を襲うくらいはお手の物だろう。むしろ、荷下ろしなどの労働をしていただけでも偉いと言えるのかもしれない。

「別に責めてるわけじゃないんだ。同じ立場なら俺でもそうするのかもしれないし」

前世の善悪の基準を拭い去るのはなかなか難しい。

悪いことは悪い。その当たり前な道徳観はそのままで俺の中にある。

だが、この世界では、弱いものは意見を通せないし、生きることもできない。

だから、彼らにとっての悪者である「帝国」のことを積極的に糾弾しようとも思わないし、かといって、彼らが海賊をやっていたことも責める気にもなれない。

そもそも、俺は当事者じゃないし、糾弾するような立場でもないしな。

少しずつ元モンディアルの人たちが目を覚ましてきたので、ユーリを交えて事情を訊《き》くことにした。

とはいっても、さっきレイラから訊いた内容から大きな差はない。

「ボクが悪いんス……。おじいちゃんの仇《あだ》を討つなんて言ったから……。みんな、それに付き合ってくれたんです」

「レイラさんは悪くありません！　海戦の天才だった将軍のお孫さんである彼女を担ぎ上げたのは私たちのほうなんです！」

男たちの一人が声を上げる。

「そういえばレイラは将軍から手ほどきを受けていましたね」

「うう……。確かに、海戦に不慣れな帝国軍には何回か戦ってなんとかなったっスけど、あくまで向こうが巡視船みたいなものだったからで……。魔法使いが出てきたら、逃げるだけで精一杯だったっスから……」

ライムリーグ帝国は広大な大陸のほとんどを版図に持つ大国だが、海戦の経験は浅いらしい。俺たちが阻止したラベルダ王国への侵攻には船を用意してあったが、あれも、あくまで輸送目的だったので、船に乗って戦うという戦略自体があまりないのかもしれない。

一方、モンディアル公国は、多くの島々からなる連邦国と近い為《ため》、海軍はそれなりに発達していたのだという。逆に、陸は山がちな地形に守られていた関係で、陸軍にはあまり人員を割いていなかったらしい。そうでなくても、国境を挟んだライムリーグ帝国とは、友好条約を結んでいたらしいから、仕方ないのかもしれないが……。

「ユーリセシル姫！　ボクたちは国が滅んでも、心はモンディアル人。王家への忠誠を忘れた日はありませんでした！　ここで再会できたのは運命！　我々を、導いてくださいっス！」

「私たちもお願いします！」

「姫！　お願いします！」

一斉に首を垂《こうべ》れる、モンディアルの生き残りの方々。

まあ、こんなことになるだろうとは予想できていたが……。

横に立つユーリは、表情にこそ出さないが明らかに困った様子だった。そもそも、俺はユーリを助けたときに「復讐《ふくしゆう》を忘れるなら」と、釘《くぎ》を刺してある。

とはいえ、ユーリの本当の胸の内はわからない。国を滅ぼされた当事者なのだから、俺が軽々しく口を挟める問題でもないように思う。

「………ッ。私は……」

言葉に詰まるユーリ。

俺はモンディアルの当事者じゃない。だからといって、ユーリやサラや元近衛《このえ》隊のみんなと、無関係というわけでもないのだった。

だから、この人たちのことも、到底無関係だと割り切れるわけがない。

「お前ら、亡国の姫様を担ぎ上げたとして、それでどうしたいんだ？　どうなったら満足なのか教えてくれ。まさか、この子を担ぎ上げれば帝国を倒せると思ってるわけじゃないんだろう?」

「ん? なんで船頭さんがそんなこと訊《き》いてくるんスか?」

こいつらは偶然再会できた自分たちの姫様のことしか見えていない。

まあ、ユーリは「モンディアルの宝石」とまで言われ、他国でも有名だったみたいだし仕方ないのかもしれないが……。それにしても、なんとなく釈然としない感じもある。

「俺がこの子の保護者だからだよ。俺が納得できるビジョンがないなら、お前らに渡すことはできない」

「保護者……? どういうことっスか姫?」

俺とユーリは同い年くらいだ。

保護者と言われても意味がわからないのかもしれない。

「ユーリはなにも答えるな。ややこしくなるだけだから」

まず、こいつらの考え方や希望を確認しておかなければ。ユーリがなにかを言えば、その意見に引っ張られる可能性がある。

もしも、こいつらが復讐《ふくしゆう》派なら助けるつもりはない。もちろん、殺すという意味ではなく、単に関わりを持たないという意味だ。

だが、それは俺の考えでユーリはまた別だろう。彼らの目的が復讐にあると知った上で、ユーリがどうしても彼らを助けたいというなら、彼女だけ置いていくのも止《や》む無しと俺は考えていた。こんな考え方は、情が薄いだろうか？

「さあ、答えてもらおうか。彼女を担ぎ上げて、お前らはどうしようっていうんだ？」

「どうって……わ、わからないっス」

「ん？　なんだって？」

「だから……、わからないっス。わからないから、ユーリ姫様なら、ボクたちがどうすればいいのかわかるんじゃないかって……」

何を言っているんだ、こいつは。

「他のみんなはどうなんだ？」

「……正直に言えば、レイラさんの言う通りなんです。我々は海以外に生きる術《すべ》を知らないんです。だけど、住む街を追われ畑を耕す知識もない。だから……わからないんです。どうしたらいいのか。どう生きればいいのか」

男たちの一人がそんなことを言う。

「他の連中も同じなのか？　いい大人が雁首揃《がんくびそろ》えて」

静かに肯《うなず》く男たち。他の船に乗っている連中も基本的には同じらしい。

「うーむ……」

これだけの人数がいて、無策にもほどがあるとは思うが、考えてみればそういうこともあるのかもしれない。

人間ってのは何かに縛られて生きるものだ。血縁だったり、土地だったり。

だが彼らは、戦争でなにもかも失い、あるものは五隻の船だけ……。

そういう状況になった場合、そう簡単に船を捨てたり、解散してそれぞれの新しい人生を歩んだりとは、できないものなのかもしれない。

誰かが自分たちを導いてくれるなんてのは甘ったれた考え方だが、本質的な意味での「自由」がほとんどないこの世界では、仕方がないのかもしれない。

「……帝国への復讐《ふくしゅう》は考えなかったのか？」

「もちろん、その気持ちはありましたが……。日々の暮らしだけで精一杯で」

まあ、そうなるだろう。そうでなくても、ただ生きるだけで大変なのがこの世界だ。あるいは、前世の世界であっても、生きることが過酷である場所はいくらでもあっただろう。

まして、戦争で住む場所を失った人たちならば、なおさら。

最初は海賊だと思っていたから悩んだが、まあ、彼らなら問題ないだろう。

「ユーリ。お前が説明して説得しろ」

「えっ、じゃあカイ様――」

「あくまで信用できる人間なら使ってもいいってことだ。人はいくらいてもいいからな」

俺は説明をユーリに丸投げした。

結局のところ、国を大きくするのなら人の受け入れは大前提だ。

むしろ、海賊でないことが判明した今、それをしない理由がない。

それを思えば、元モンディアル人ならお互いにウィンウィンの関係だろう。向こうは住む場所が欲しい。こっちは労働力が欲しい。

特に、海に明るいというのが良い。

貿易船の運用を彼らに任せられればの話だが、まあ、結局はある程度は任せる他ないのだ。すべて自分でやるのが不可能である以上。

そういう意味で、ユーリに縁がある彼らは、相対的に絶対に誘うべき人材だと言えるだろう。偶然の出会いだったが、良い方向に進むと思いたい。


残りの四隻の船に乗っていた人たちも集めて、ユーリが状況を説明した。

「これは……酷《ひど》い状況だな……」

残りの船に乗っていたのは、ほとんどが女性や子どもたちだった。

汚れた服。満足に身体《からだ》も洗えていないのだろう。臭いも酷い。食事も満足に取れてはいないのか、みんな一様に痩せている。

これだけの人たちが、帰るべき家も持たずにいたというのか。さすがに普段は港の端っこに船を泊め、ボートピープルのような暮らしをしていたそうだが、それにしても酷い。

ユーリが、こんな暮らしはやめて俺たちの島で国民にならないかと勧誘する。

ただし、場所は絶海の孤島。事実上の開拓民である。

断るのなら断るでも構わないのだが、彼らからすれば渡りに船だろう。帰る場所がないのなら、背に腹は代えられまい。

「……カイ様。話がまとまりました」

「ん？　ずいぶん早かったな」

故郷を同じくする人たちだ。別にさほど急いでもいないから、積もる話もあるだろうに。

「それで結局どうするって？」

「ええ、それなのですが――」

俺たちのボロ船はハッキリ言って狭い。そこに一〇〇人近い元モンディアル人たちが寿司詰めになっているのだが、その人たちが全員一斉に片膝になり首《こうべ》を垂れた。

「カイ様！　ユーリセシル姫から話はお聞きしました！　我々、元モンディアル海兵隊士一同！　これから、カイ様の下で精一杯尽くさせていただく所存です！」

ユーリがどういう説明をしたのか知りたいような知るのが怖いような感じだが、無事に一緒に来ることになったらしい。海賊行為をしてたとか、帝国と戦ってたとかちょっと訳ありな人たちだが、その程度の経歴は清濁併《あわ》せ呑《の》んでいかなければ、あんな場所で国作りなどできるはずがない。

「ユーリからどこまで聞いているかは知らないが、少なくとも衣食住に困ることはない。

仕事はたくさんあるが、賃金も渡す。そう悪くない生活ができるはずだ。これから、俺と共に国を盛り上げていって欲しい。……とりあえず、お風呂入って美味《うま》い物でも食べよう」

そういって、無理にでも微笑《ほほえ》みを作った。

生き物が仲良くなるには、食事を分け合って食べると良いらしい。それは、命を分け合う行為だからだって、前世で読んだ本に書いてあったことを思い出していた。

「ありがとうございます！」「ありがとうございます！」

涙を流し、まるで拝むかのように感謝されてしまって逆に居たたまれないが、彼らの境遇を考えれば仕方ないことなのかもしれない。

悪い状況から抜け出せるなら悪魔の手だって掴《つか》むだろう。困窮すれば当然だ。

せいぜい、俺が悪魔にならないようにやっていこう。

俺は、ただの十五歳の子どもでしかないから、どうしてもこういうのは慣れないのだけど、これから国を大きくしていくと決めた以上、早く慣れるべきなのだろう。


結局、彼らは本当にほとんどの荷物を持っておらず、海賊船と化した船も生活空間として利用していたようで酷《ひど》い有様だった。

俺たちは商品を帝国に運ばなければならないので、彼らは船ごと一度開拓村に回収し、全員島へとご案内となった。

俺の能力と、瞬間移動には当然驚いていたが、モンディアル元近衛《このえ》隊に知り合いがいたらしく再会を喜び合っていた。

住む場所については、すでに簡易的な長屋をいくつも用意してあるから問題ない。食事も、サラたちに頼んでおいた。

サラといえば、元モンディアルの人たちにとって、サラは貴族であり魔法使い。

まさかエプロンを付けて料理を作っているとは夢にも思わなかったようで、最初は他人の空似だと思っていたようだ。サラだと気付いた時は、普通に腰を抜かしていた。

船に関しては一度島の港に停泊させておいた。

何隻かは塗装して再利用しようかと思う。残りは開拓村に入れてしまおう。

そんなこんなで、元モンディアル人たちを島に残し、またボロ船へと戻ってきた。

ユーリは連中の面倒を見るというので置いてきた。カエデもとりあえずもう船に命を与える必要がないので、レンと一緒に島に戻ってもらった。

レンはどうしようか少し悩んだが、俺の護衛としてはアビスとファウゼルと戦士君たちがいれば十分すぎる。

◇◆◆◆◇

「さて、変なとこで時間食っちゃったけど、出発するか！」

日はまだ十分に高いが、あんまりゆっくりもしていられない。港で手間取る可能性も高いし、そうこうしている間に日が暮れたら面倒だ。

そう思って戦士君たちへ全力前進の指示を出そうとしたら後ろから声を掛けられた。

「船頭さん！　ちょっと待つっス！」

「ん？　あれ……レイラだっけ。なんで残ってるんだ？」

全員で開拓村経由で島に戻ったはずだったが、声を掛けてきたのは男装麗人のレイラだった。なぜか、まだ船に残っていたらしい。トイレにでも行ってたのかな。

「置き去りにされちゃってたのか。すぐ送るよ」

「ボクは自分で残ったんスよ！」

俺が近づくと警戒して後ずさり、そんなことを言った。

「ボクは信じないっス！　あの、この世で一番美しく気高く最高な姫様の相手が、あんたみたいなパッとしないのだなんて！　弱みに付け込んだに決まってるっス！」

ビシッと指を差して睨《にら》んでくるレイラ。

なるほど、やっと出会えた麗しの姫様に変な虫が付いてたので、いてもたってもいられず――ってとこか。

まあ、自分でもユーリと俺が釣り合っているとは思ってないから、そう思ったとしても不思議じゃない。

だが、その言葉が逆鱗《げきりん》に触れた者がいた。俺の隣に。

「ハァ〰〰〰？　あんた、なにいきなりアホみたいなこと言ってるわけ？　私の、この世で一番カッコ良くて可愛《かわい》くて最高なお兄ちゃんに文句があるわけ？　殺すわよ？？？」

ルキアは、いきなりキレた。怖いよ。

「なんなんスか、あんたは。船頭さんの妹は、すっこんでろっス」

「すっこまないわよ。別にお兄ちゃんは、あの女なんか相手にする必要ないのよ？　モテモテなんだから。モッテモテなのよ？」

おい、やめろ。モテモテかどうかは諸説あるぞ。

「あのお姫様だって、お兄ちゃんにメロメロで、向こうから言い寄ってきてるんだから」

「う、嘘《うそ》っス！　姫様がそんな……そんなこと……」

「あるわよ！　あの女だって、一人の女なのよ？　そりゃー、目の前に私の最高なお兄ちゃんが現れたら好きになっちゃうって。当然、当然」

「う……ううう……」

服の袖を噛《か》んで悔しがるレイラ。

一方、ルキアは勝ち誇った顔でレイラを見下ろしている。

「なんなんスか……。だって、姫様はどこかの大国のカッコいい王子様と、物語みたいなロマンスをするはずだったんスよ……」

　レイラにとってユーリはまさに物語のお姫様を体現する人間だったのかもしれない。

　それが、こんなボロ船に乗ってる、わけのわからない男の嫁になるだのなっただの……。

そりゃ文句のひとつもいいたくなるのも無理ないか。

「はっはっは。だが、そういうことなら大将は悪くねぇぞ」

　後ろからやってきたファウゼルが、太い腕をガッと俺の首に回してくる。

「誰なんスか。おじさんは」

「俺はおじさんじゃねぇ！　ファウゼルお兄さんと呼べ」

　ファウゼルがおじさんなのかお兄さんなのかどうかは諸説あるぞ。

「ファウゼルお兄さん……っスか」

「そーだ。それでだな、大将はこれから大国になる新しい国の王様なんだぜ。どっかの大国のボンボンなんぞより、ずっといい。有望株ってやつだ。あのお姫さんは世間知らずっぽく見えるが、実はかなり男を見る目があるよ」

　ファウゼルの妙に俺に対する評価が高い。ちょっとこそばゆいな……。

「ユーリ姫様も言ってましたけど……本当に王様なんっスか？　だいたい、どこにある国だっていうんスか」

「こっからずっと東に行くと海の真ん中にデカい島があるんだよ。そこに国を興したんだぜ」

「東の……島……？　海の真ん中――って、それ禁忌の島じゃないっスか！　あんなとこで国なんて作れないっスよ！　姫様を変なことに巻き込まないで下さいっス！」

ギャーっと喚《わめ》くレイラ。

「おい、知っているのか？　あの島を」

聞き捨てならない言葉だったので俺は口を挟んだ。

あの島を知っているのは、神殿関係者……それも上層部の人間だけだと思っていたのだが、そうじゃなかったのか？

「モンディアルとか連邦の船乗りならみんな知ってるッスよ！　近付くと不吉なことが起きるとか、魔物もたくさん住んでて、人間はみんな食べられちゃうとかって聞いたっス。ボクも、悪戯《いたずら》がバレるとよく爺《じい》ちゃんに『禁忌の島に捨てるぞ！』と脅されたものっス！」

「めちゃくちゃ有名じゃねーか！」

神殿関係者だけが知る島かと思ってたが、全然そんなことなかったらしい。

いや……まあ、あの島のサイズで誰にも知られてないというのは無理があるか。

そうでなくても、魔女ステイシーが封印される前……おそらく千年以上前なのだろうが、そのころは人だって住んでいたのだろうから。

千年は確かに長い期間だが、島があるという情報そのものがなくなるとは考えにくい。

島の存在は知っていたものの、魔物が蔓延《はびこ》る島というのは事実なので、誰も手出しできなかったのだろう。

絶海の孤島で利用価値を見出《みいだ》さなかった可能性もある。

「あの島を知っているなら話が早い。場所がわかるなら、航海ルートもわかるんだろ？」

誰でも利用できるルートを見つけなければ、あの島を国としてなんとかするのは難しい。

だから、自分たちでなんとかしなきゃならないと思っていたのだが、地味に有名ならば案外なんとかなるのかもしれない。

「あの島へは帝国にある神殿大聖堂から真東に行けば着くっス。連邦の大聖堂からなら真北っスね。海流がやっかいっスけど、ちょっとくらいズレても島は大きいっスから、辿《たど》り着《つ》けるっス。といっても、ボクも一度しか見に行ったことないっスけど。海の真ん中にあるのに、大きい山々がそびえ立つ……なかなか禍々《まがまが》しい島だったっス」

ああ、確かに大聖堂は島から東西南北に作られてるって言っていたかもしれない。

なるほど、陸側の目印があるから、あとは真っすぐか。

方位計……羅針盤は必須だろうが、彼女が普通に辿り着けると言ってるということは、羅針盤はあると見ていいのだろう。まさか、星を見て航海してるわけでもあるまい。

「本気で、あんなとこに国を作ってるんスか……」

「そうだよ。レイラも見に来ればよかったんだよ。まあまあ開拓進んでるから、見れば納得できたはずだからな」

港も完成してるし、石畳の道も水道橋も巨大な灯台だってあるのだ。

百聞は一見にしかず。実際に住んでいる人間を見れば、現実感も出るだろうし。

「むぅっ！　ボクは自分で見るまでは信じないっス！　あんたが本当に姫様に相応《ふさわ》しい男かどうか、ボクが見定めるっス！」

またもや俺をビシッと指差して、そんな宣言をする男装麗人なレイラ。

「付いてくるってこと？」

「そうっス！」

また、面倒臭いことを……。

……いや、元モンディアルの人たちにとってレイラは一応はリーダー格だったようだし、彼女に認められることが彼らとの関係を良くすることに繋《つな》がるのかな？

「ハァ～～～？　なに言ってるんですか？　そんなもんダメに決まってるでしょう？」

やはり突っ掛かるルキア。

うちの妹は他の人間とはかなり上手《うま》くやるほうだが、ユーリを筆頭に妙に馬が合わないタイプがいるのが謎だ。

まあ、それでもユーリに対して『真実の瞳』を使って過去を見てからは、ちょっと……

いや、かなり仲良くなったので、単純に相互理解が足りないってだけなのだとは思うが。

「いや、まあ俺のこともある程度は知ってもらわないとだし、元モンディアル人の代表として、見てもらうのもいいかもしれない」

「お兄ちゃん！」

「いや、実際こっちの地理とか常識のこと知っている人間は必要だったからな。俺たちは船を港に泊める方法やらなんやらも、全く知らないんだぞ」

「う……確かにそれはそうですが……」

レイラは海の事情に明るいようだから、学べることも多いだろう。

なにより、俺たちは常識が足りない。

港を発見したとして、どうすればいいのかもわからない。

いきなり埠頭《ふとう》に入っていって岸壁に横付けしていいのかどうかも知らないのだ。

常識外れの行動をして悪目立ちするよりかは、スマートにいきたいところ。

「他にもいろいろ教えてもらいたいからな。狙った方角に正確に船を進ませる方法とか」

「そんなことも知らないで外洋航海してたんスか？　無謀！　あまりに無謀っス！」

「いやいや、自分たちのやり方で航海自体は問題なかったから。ちょっと世間知らずなだけで……」

というか、うちのやりかたは最新鋭だ。

アビスのGPSで現在位置を割り出しつつ、カエデが命を与えた船のスクリュープロペラ推進なのだから。

ただ、それだとアビスとカエデがいないと話にならないから、誰でも扱える航海技術を知っておかないとならないってだけで。

「……まあ、技術とか教えるのは問題ないっス。姫様のことはともかく、みんなを助けてくれたのは感謝してるっスから」

「ありがとう。頼むぞ」

とりあえずレイラは案内役として働いてもらうことになり、俺たちは船を進めることにした。このまま進めば、目的地である港町アネーロへと辿《たど》り着《つ》く。

エドワードと戦った港町ノメルよりも、ずっと北側にある街だ。

この辺りはファウゼルの母親が治める地域で、母親である侯爵の居城も近くにあるらしい。帝国の中では元々辺境のほうだったらしいが、帝国の首都が海の近くまで遷都してきた関係で、勢いのある貴族として台頭したとかなんとか。

「アネーロは帝国で一番大きい港っス！　自由港っスから、外国から商人がひっきりなしに来るっス。船頭さんたちも、物を売りに来たんスよね？」

「そうだよ。荷の検査とかもあるのか？」

「あるっスけど、ちょっとだけっス。売るだけなら港でそのまま売れるっスよ。船の中身ごとなら、向こうの商人が荷運びまでやってくれるっス」

「なるほど」

商売をするなら速度も重要な要素だ。荷物を運んだからといって、売れずにいたら商品も（食料なら）傷むし、時間も無駄に食う。

港に到着してすぐに現地商人が買い取ってくれるなら、話は早い。

なんなら、その場で次の積み荷を購入してから戻れば、交易としてはスマートな形なのかも。

まあ、俺たちの場合はファウゼルの母親と交渉して、直接取引をするつもりだから、とりあえず地元商人には売るつもりがない。

将来的には、商売そのものを完全に商人に委託するようになるだろうが。

「今回はとりあえず一度港に停泊させて、人に会いに行くよ」

「そうなんスか？　まあいいっスけど、停泊料取られるっスよ？」

「それくらいは問題ないさ」


そうして船を進めて数十分。水平線の彼方《かなた》に陸地が見えてきた。

この瞬間はいつも謎の感動がある。なんだかんだ言っても、ずっと海の上にいるのは疲れるからだろう。

「このまま港に入って、空いてるとこに着ければいいっス。埠頭《ふとう》の北側は契約した船の停泊場所だから、あっちはダメっスよ？」

レイラの指示通りに船を進めて無事に港に停泊することができた。丈夫な麻で作った太い係船用のロープを使い船を固定する。

「ていうか、お前、街に来ちゃって大丈夫なのか？　海賊やってたんだろ。お尋ね者になってるんじゃないのか」

「海賊とは心外っス！　ボクたちは協定破りの帝国軍と正々堂々と戦ってたっスのに」

「正々堂々とか関係ないだろ。ここ、帝国の港なんだろ？」

帝国からすればレイラは敵方だ。まあ、顔が割れてなきゃ問題ないのかもしれないが。

「ボクたちが戦ってたのは、南のノメルのほうっス。アネーロは自由港ですし、使えなくなると困るんで、侯爵領の領海では戦闘したことないんスよ」

「自由港たって、所属は明らかにする必要あるだろ。大丈夫だったのか？」

敵国の船でもなんでも受け入れＯＫなんて、そんな話あるわけない。

「スコルパの街の商船だって言えば、全然問題なかったっス」

スコルパはユーリたちが捕まってた元モンディアルの港街だ。

街は名前も変えず、そのまま帝国領として存在していたから、なるほどそこから来たといえば問題ないのか。

「商船を襲ったりしてたなら、よその海でやってたにせよ、賞金首にはなってんじゃないのか？　普通に考えて。全部殺してたなら別だけど」

軍船五隻で組織的に動く海賊だ。全くのノーマークということはないのではなかろうか。

だからこそ、元モンディアルの人たちは全員島に送った面もあったのだ。

「商船なんて襲ったことないっすよ！　なんで、そんなことしたことになってるんスか！」

両腕を横にぶんぶん振って否定するレイラ。

「ん？　そうなの？　でも、うちの船を襲っただろ」

うちのボロ船を帝国軍だと勘違いするという可能性はゼロに近い。

「あっ……あれは。その……、背に腹は代えられず、もうそれしかないって話になっちゃったからで……。もうこっちも死ぬか生きるかって状況だったっスから……」

言いにくそうに、両手をイジイジさせて、言い訳し始めるレイラ。

止《や》むを得《え》ず商船を襲うことに決めた一発目で、うちに当たったということらしい。

運がいいんだか悪いんだかわからないような話だ。

「そのわりには、ずいぶんと手馴《てな》れてたみたいですけど。この子、どこまで嘘《うそ》かわかんないですから、兄さんも簡単に信用しないほうがいいですよ？」

ルキアは、レイラのことを全然信用してないようで、呆《あき》れ顔だ。

「うっ、嘘なんてつかないっス！」

「本当～？　お尋ね者を連れてて、なんかあった時に損するのは、私たちなのよ？」

「お尋ね者にはなってない……はずっス……」

「ちょっと自信なさそうになってるじゃない」

とはいえ、正直な話、レイラがお尋ね者だったとしても実はあまり問題はないのだ。

だって、ファウゼルがマジモンのお尋ね者なんだから。

一人が二人に増えたところで、問題にもならない。

「でも、商船を襲ってたかどうかは、知っといたほうがいいか。ルキア、能力で調べてもらってもいいか？」

「えっ、珍しい。兄さんが私の能力に頼るなんて」

「必要なとこでは使えばいいと思ってるぞ、俺は」

真実の神の力だけじゃなく、能力なんてのは、そもそもが安易に使うものではないのだと思う。だが、あるものを無理に使わないのも、それはそれでバカバカしい。

「じゃあ、あなたが嘘《うそ》をついていないかどうか『視《み》る』わよ？　『真実の瞳』！」

「えええええ！　神官様だったんスか？」

突然ルキアが能力を使ったことで驚くレイラ。まあ、そりゃ神官服も着ていない人間が突然力を使えば驚くだろう。

ルキアは瞳を閉じて、ほんの数秒『視て』、すぐに目を開いた。

「ふーむ、なるほど。どうも白みたいですね。まあ、冷静に考えてみたら、商船を定期的に襲ってたなら、あの船の惨状はありませんもんね」

「だから、嘘なんてついてないって言ってるっスのに！」

キーっと喚《わめ》くレイラだが、海賊行為をやろうとしたという事実が先にあるから信用されてないってことが、わかってないのか。

「まあ、とにかく民間船を襲ってないなら良しだ」

むしろ、彼らがある程度以上の道徳観念を持ち合わせていることがわかったのは収穫だったと言えるだろう。あの人数を島に迎え入れるのだ。「実は商船襲いまくりの殺しまくりでした」だったら、いくら元モンディアル人であろうと、考えものだったかもしれない。

そんな話をしながらしばらく待っていると、係員がやってきたので、先払いの停泊料を支払った。

帝国金貨の持ち合わせがあってよかったが、想像してたよりも高い金額だ。それだけ船を使った交易は儲《もう》かるということの証左なのかもしれないが。

「ここに来るのは本当に久々だぜ。クニを出て以来だから」

船から飛び降りたファウゼルが感慨深く呟《つぶや》く。

「けっこう長いのか？　離れてから」

「七年くれぇかな。あの頃は若かったぜ、俺も」

「今はもうおじさんだもんな」

「大将まで勘弁してくれ。俺はまだお兄さんだよ」

確かファウゼルは三十歳手前くらいの年齢だったはずだ。精神年齢は俺と同い年くらいなので、感覚としてはタメ歳《どし》である。

「お兄ちゃん、これからどうするの？」

「ま、長旅で疲れてるしどっかで宿取るか？」

時間的にももう夕方だ。レイラ達に絡まれてなければ昼過ぎには着いたのだが。

「ファウゼルの実家は遠いのか？」

「さすがに馬車で一日くらいは掛かるな」

「じゃあ、どっかで宿だな」

船の見張りとして戦士君たちを残して、あとの五人で宿を取った。


次の日。

俺たちはファウゼルの案内の下、侯爵の居城へと移動した。

開拓村の杭《くい》を使った簡易ワープ移動が一番早いが、今回は人数も多いので馬車をチャーターした。普通の乗り合い馬車のほうが安いが、金をケチっても仕方がない。

こう見えても、文字通りの意味での一国一城の主《あるじ》なのだから。

早朝から馬車に乗って半日ちょっとで、侯爵の居城がある街に辿《たど》り着《つ》いた。

「立派な城だ。建築技術高いよなぁ」

目抜き通りから、石造りで所々が青く塗られたお城が見えた。侯爵というのは、帝国貴族の中でもかなり上位らしいので、比例して城も立派になるのかもしれない。

「ああ、あれ当時有名だった名工に作らせたらしいぜ。うちのおふくろの代で作ったからまだ新しいんだよ」

「確かに色とか綺麗《きれい》だもんな」

造りたての城とか、前世では考えられなかったので逆に新鮮だ。

あ、そうだ。

俺はふと思いつき開拓村に入った。

「エネル！　外遊って、今、何人出せるんだ？」

「久々だね。前に出したっきりだったから忘れてるのかと思った。今なら三人出せるよ」

「よし、全員出そう。この辺りなら、学べることが多そうだ」

「りょーかい。ちょっと待っててね」

村に走っていくエネル。外遊に出てもいい若者を探してきてくれるはずだ。

『外遊』というのは、「てのひら開拓村」の能力の一つで、開拓村の村民を現実世界に出して新しい知識を自分たちで仕入れて村に還元するという、地味ながら効果の高い能力である。

まだこれまでに一度しか使ったことがなかったのだが、新しい街に来たら使わない手はない。妹の件で頭がいっぱいで忘れていたが、聖都に行った時も出すべきだった。後の祭りではあるが。

しばらくして、エネルが三人の若者を連れて戻ってきたので、現実世界へ戻る。

「わっ、びっくりした。船頭さんの、それって能力なんスよね……？　ユーリ姫様も祝福を授かってるみたいっスけど、王様とか姫様とかだと神官にならないんスか？」

この世界では、祝福の能力のほとんどはその実態を知られていない。だから、俺が「こういう能力」だと言えば、普通に信じてくれるので楽といえば楽だ。

「そこらへんは事情があるんだよ。ま、祝福者が全員神官になるわけじゃないってこと」

「そうだったんスね」

たぶん、彼女の性格もあるのだろうが、あまり気にしないので助かる。一から全部説明するのは大変だ。説明できないこともあるし。

俺は、開拓村からやってきた三人の若者にいくらかのお金を渡した。

それぞれ別の方向へ歩いていく彼らを見送る。しばらくしたら彼らは自力で開拓村へ戻り、知識を広めてくれるだろう。

俺が開拓村に入れることができるのは、基本的には物品だけだ。作陶をやった時は知識を伝授したけれど、基本的には彼ら自身の創意工夫で文明度が上がっていったのである。

そこを補完できる『外遊』はこれからもっと活用していくほうがいいだろう。島の発展にも開拓村のレベルアップが欠かせないというのもあるし。

「ところでファウゼル……悪かったな」

フードを被《かぶ》り顔を隠して道を行くファウゼルに詫《わ》びる。

俺の横を歩くアビスとルキアもフード付きの服を着ているが、ファウゼルもそうしているのには訳がある。

アビスは角と髪の毛を隠すから必要だし、ルキアは死んだことになっているから、万が一に備えて顔を隠しているのだが、ファウゼルは、エドワードとの闘いのドロを被って、全部自分がやったことにしてくれた関係で、帝国ではお尋ね者になっているのだ。

帝国でどういう話になっているのかは詳しく知らないが、少なくともエドワードは家族もろとも生死不明となっているはず。あの戦いはファウゼルだけでなく、サラ、レン、アビスも参加していて、しかもかなり多くの人に見られているから、ファウゼル単独の犯行とは思われていないはずだが、面の割れているファウゼルが代表してドロを被ってくれたことに変わりはない。

「しかし、実家のほうは大丈夫なのか？　お尋ね者が訪ねていくなんて、ちょっとシャレにならない予感しかしないけど」

「大丈夫ではねぇだろうが、ま、勝手知ったる我が家ってね。問題ねぇよ」

「そうか。まあ任せる」

目抜き通りを通り、城の正面入り口を右に折れて城をぐるっと回り、右手へ回るファウゼル。右手の庭園を身を屈《かが》めて抜けて、裏の勝手口から城の中に入る。

部屋は庭師の作業部屋のようで、とりあえず無人だ。ファウゼルはというと奥の扉を少しだけ開き辺りを見回している。どうやら、あそこから城の中に入れるようだ。

「よし、とりあえず見つからねぇように、俺に付いてきてくれ。まあ、最悪見つかっても目的地まで到着すれば問題ねぇ」

「ちょっとワクワクするな」

まあ、さすがに侵入だからマズいことなのだろうが、なんだかちょっと楽しい。最悪、開拓村経由で逃げられるおかげで、余裕があるからだろうけど。

「……必要だったら眠らせるから言って」

「お兄ちゃん、私もいざとなったら時止めスタンバイしておくから」

アビスとルキアもやる気十分だ。

まあ、別に戦いにいくわけじゃないんだけど。

「よし、じゃあ行くか」

「ちょ、ちょ、ちょ！　ちょっと待って欲しいっス！」

「ん？」

一番後ろにくっ付いてきていたレイラが、俺とファウゼルの服を引っ張って止める。

「つい、そのまんま付いてきちゃったっスけど、ここ侯爵のお城じゃないっスか？　しかも、今、こっそり入ろうとしてたっスよね？　ボク捕まるのは嫌っスよ！」

「じゃあここで待っててもいいぞ」

レイラにはあんまり詳しい話はしていない。ファウゼルと実家の関係を俺がペラペラ教えるのもなんか変だというのもあるし。

「こんなとこに一人でいたら、捕まっちゃうじゃないっスか！」

「あー、うっさいわね！　あんたが勝手に付いてくるって言ったんでしょう？　腹を括《くく》りなさいよ！」

「うぐっ……。うう……、ボクも付いてくっス……」

結局、一人で残るのはそれはそれで心細いらしい。

「レイラ、この城はそこのファウゼルの母親の居城なんだよ。ちょっと理由があって、こっそり侵入してるけど、そんな酷《ひど》いことにはならないよ。ルキアもあんまイジメなさんな」

「だってお兄ちゃん、この子、面倒くさいことばっか言うから」

まあ、確かに面倒なタイプなのは否めない。とはいえ、こっちも説明不足だった。

「ここって侯爵のお城っスよね？　じゃあ、あのおじ……お兄さんは貴族だったんスか？

「そうなるかな。まあ詳しい話はいずれしてやるから、今は大人しくしててくれ」

ファウゼルと俺たちの関係を説明すると、かなりややこしいのだ。まして、ユーリやモンディアル人との関係はさらに厄介なんで、落ち着いてからにしてほしいところ。

「もういいか？　人が来る前に行こうぜ」

ファウゼルに促されて移動する俺たち。城はけっこう広いが、それでも隠れる場所がたくさんあるわけじゃない。運が悪ければ普通に見つかると思うんだけど……。

「なんか、全然人がいないな」

「今は使用人は食事の時間だからな。今のうちに上がっちまおう」

階段はそういくつもないらしく、人がいないことを確認してから上ろうとしたのだが、運が悪く通りの向こうからドレスを着た若い女性が姿を現し、見られてしまった。

「そこの！　誰ですか！　止まりなさい！」

凛《りん》とした声でこちらに静止を促してくる赤いドレスの女性。

「なぜ顔を隠して――ハッ！　賊！　賊ですか！　うちに賊が入るなんて、警備はなにをやっているというの？」

こちらに扇子を向けながら、誰に向けてなのか喋《しゃべ》り続ける女性。

「……魔法撃ってくる前に逃げるぜ大将。ありゃ俺の妹だ。変わんねぇなぁ……」

帝国の？」

「妹いたのかお前」

「そりゃな。跡取りがいなきゃ、さすがの俺でもこんな自由にはさせてもらえてねぇよ」

なるほど家族か。

貴族は魔法使いだけが継承する。そして、魔法使いを生むことができるのは、女の魔法使いだけ。だから貴族の当主は基本的に女性が継承するのだ。

「おっ、お待ちなさい！　攻撃しますわよ！」

後ろを振り返ると、ファウゼルの妹は氷の魔法をその両手に発生させていた。

「……マスタ、あれくらいなら問題ないから先行って」

「頼む」

アビスを最後尾に走る。階段を上りきり三階まで上がると、ファウゼルの妹もスカートのすそを持ち上げて追ってきた。

まあ、フード被《かぶ》って顔を隠した不審者の集団だから、当然だろう。

「ああ、もう！　知りませんわよ！」

ファウゼルの妹が氷のつぶての魔法を撃つが、最後尾にいたアビスが軽く腕をひと薙《な》ぎすると、跡形もなく魔法は消滅した。

エドワードとファウゼルから教わった魔素還元である。

「嘘《うそ》……！　ま、魔法師なんですの？」

ファウゼルの妹が茫然《ぼうぜん》としている間に、俺たちは一番奥の扉を開き中に滑り込んでいた。

「お母さまッ！　賊がッ！」

そして、すぐにファウゼルの妹も部屋に飛び込んできた。

俺たちの目の前。

黒檀《こくたん》の執務机に座る女性は、こちらをジロリと睨《ね》め付《つ》けた。突然の事態に驚く様子もなく、非常に落ち着いた様子だ。

「お尋ね者にされちまってるみたいだから、こっそり来たかったんだが……フィオーナ、まだお転婆《てんば》は治ってないみてぇだな」

ファウゼルがフードを脱ぎ去ると、ファウゼルの妹――フィオーナという名前らしい――は腰を抜かしたように床にペタンと尻餅をついた。

「お……お兄さま……？　生きてらっしゃったんですか……」

「おいおい、勝手に殺すなよ。おふくろも……変わんねぇみてぇだな」

「お前も息災のようで何よりだ、ファウゼル。少しは精悍《せいかん》な顔つきになったじゃないか」

椅子に腰かけたまま、鷹揚《おうよう》に口を開いた女性――こちらがファウゼルの母親のようだ――は、俺たちのほうをチラリと見てから、話を続けた。

「お前がエドワードを殺したらしいと手配書が回ってきた時には……驚いたよ。いつのまにか、お前があの男を倒せるほどの実力を身に着けていたことにね」

まさかのお褒めの言葉だ。お尋ね者になったことに関しては何もないらしい。

「そっ、そうです、お兄様！　エドワード様を……こっ……殺されたのですか……？　嘘《うそ》ですよね？　あんなに仲がよろしかったのに……」

「あ、あー、いや。エドワードは殺してねぇ。ちっと理由があって、そういう風に見せかけたんだよ。話せば長くなるんだが……」

「なんだ、ふふ……まあ、そうじゃないかとは思っていたがね。それで――帰ってきたということは、なんだな？　ファウゼル」

「そうだ」

なにこの意味深な会話。

ファウゼルが肯定したことにより、ファウゼルの母親は立ち上がった。

机を迂回《うかい》してこちらへ向かってくる。

その両目はまっすぐに俺を見つめていた。なんだかよくわからないが、今回、用があるのは俺だ。ファウゼルの里帰りはオマケというか、結果的にそうなっただけ。

失礼のないように挨拶しなければ。

「初めまして。突然押し掛けた無礼をお許し下さい。僕はカイ・ハスクバーナ。ファウゼルさんとは……簡単に言うと僕が雇用している関係です。今回、交易を始めるにあたって侯爵を紹介していただけるというので、訪問させていただきました」

「ふむ……私はミレイユ・ディーだ。ライムリーグ帝国の侯爵を賜っている。……が、硬くなる必要はない。ミレイユでもディー侯爵でも好きなように呼ぶが良い」

柔らかく微笑《ほほえ》んでいるが、眼光は鋭く、決して俺から目を逸《そ》らさない。

だが、ここで屈してはいけない……気がする。相手が侯爵だろうと、こちらは一国の王なのだ。最低でも対等の関係を維持したい。

「ありがとうございます。それでは、ディー侯爵と」

「私はカイの妹のルキア・ハスクバーナです。お会いできて光栄ですわ」

ルキアが横に来て丁寧にあいさつする。我が妹ながら、なかなか物怖《ものお》じしない性格だ。

ちなみにアビスは完全に従者モードで後ろに待機しているし、レイラに関してはこの部屋に入ってから、ずっと彫像と化しているので、放っておけばいいだろう。

「カイと言ったな？　君が目指しているものはなんだ？」

視線を外さずそんな質問をしてくるディー侯爵。ファウゼルの母親なのだから、五十歳前後だと思うのだが、かなり若々しい美人だ。

しかし、かなり眼光が鋭くちょっと怖い。答えを間違ったらどうなってしまうんだ。

「究極的には僕個人の幸せですね」

なぜ、そんな質問をされるのかわからないまま、俺はそう答えた。

ディー侯爵は片眉を上げげた。

「自分が幸せならいいということか？」

「そうですね。しかし、僕の幸せは周りの人間が幸せであることで維持されるんですよ」

ハッキリと言ってしまえば、俺は前世よりもずっと文明度の低いこの世界に転生しておいて、未《いま》だに「不幸」というものに慣れていないのだ。

前世でだって不幸はそこかしこにあった。だが、この世界にはもっとありふれている。

前世では、自分の周りにはあまり目に見える「不幸」はなかった。病院生活が長かったから、それなりに不幸を見ることは多かったが、それでも、この世界の「不幸」と比べれば、目にする機会は少ないほうだっただろう。

「僕が目指すのは理不尽な不幸がない世界です。すべての不幸を取り除くことはできないでしょうが、努力次第である程度は取り除くことはできる」

こんなことを初対面の貴族にいきなり話すのはどうかとも思うが、しかし、これが俺の率直な「目指しているもの」だった。嘘《うそ》や誤魔化《ごまか》しの言葉を並べても仕方がないだろう。

極端なことを言えば、侯爵との取引自体はポシャッてもいいのだ。

物の売り先はまだ他にもあるだろうし。

「不幸とは、例えば何のことを指す？」

「住む場所がないこと。着るものがないこと。満足に食べられないこと。人としての尊厳が踏みにじられること。助けられるはずの命が失われること――」

「それが君の不幸か」

「そうですね。本当に人として最低限のことです。偉そうに言えるようなことではないでしょうが、僕が取り除ける不幸はそのあたりが限度でしょう」

値踏みするかのような瞳が、俺の瞳を映している。

「……どうやってそれを成す？」

どうしてこんな会話になっているのか不明だが、質問されたなら答えるしかない。

「国を作りました」

「国……？　国だと……？」

「はい。ひょんなことから、ささやかな領土を手に入れましてね」

「領土……」

眉をひそめ訝《いぶか》しむディー侯爵。

「君は見たところまだ十五歳程度の少年だろう？　どこかの貴族なのか？」

さすがにいきなりは信じられないか。

「いえ、貴族ではないです。出身はラベルダ王国で、光の神官の息子ですよ」

「それが、どうして国なんて話になる？　おい、ファウゼル、これは冗談なのか？」

「冗談じゃねえよ。冗談で俺が戻ってくるわけねぇってことぐらい、わかるだろ」

「では、本当に国を……？　それで、君はそこの王だとでもいうのか？」

「そうです」

鋭い眼光が俺を見据えている。俺も真っすぐに見つめ返す。

どれくらいの間そうしていただろうか。ほんの一瞬のような気もするし、三分くらいそうしていたような感じもする。

先に瞳を揺らして視線を外したのはディー侯爵のほうだった。

いや、別に勝負してたわけでもないだろうが、しかしここで下手に出たら負けだという謎の確信があったのは確かだ。

王になるという人間が、他国の貴族に精神的に負けるわけにはいかない。

「君はどうして今ここに連れてこられたのか、ファウゼルから聞いていたのか？」

ディー侯爵は話題を変えたが、しかしイマイチ意図が掴《つか》めない質問だ。

「国として貿易をスタートする関係で、どこを相手にそれをするか協議した結果ですよ。彼があなたを紹介してくれるというので」

「では、君は『自分が紹介された』という認識はなかったんだな」

「ん？　どういうことです？」

「あー、悪い。大将。別に騙《だま》したわけじゃあねえんだ。大将なら、おふくろを納得させるのも問題ねぇと思ったからよ」

「カイ。君はファウゼルがどうして貴族の生活を捨ててまで、家を飛び出したか、その理由は聞いているか？」

　理由……？　なんだっけ。とりあえず、元は第三帝国魔法師団とかいうとこの副団長だかまでやってたとか聞いたような記憶があるけれど。

　自由を求めてとか、そんな理由だったような。

「えっと……あっ、思い出しました。確か、魔法使い同士でドンパチ戦うことがなくて退屈だからとか、そんなこと言ってましたね」

　帝国軍の魔法師団の運用は、魔法使い同士での戦いというよりは、敵の脆弱《ぜいじゃく》な部分を魔法使いが叩《たた》き、一気に攻め込むというもので、あまりカタルシスがない戦いなのだとか。

　まあ、戦争なんだし、魔法使いは兵器みたいなもの。その運用方法は上が作戦に織り込んで決定するのだろうから、ある意味、仕方ないことのような気もするのだが。

「ふん……。話していなかったのか、ファウゼル」

「さすがに照れくせえからな……。だが、俺も腹を括《くく》ったぜ」

　なんなんだいったい。

「大将、こんな場所でなんだが、俺を……あんたの正式な家臣にして欲しいんだ」

　それは、意外すぎる申し出だった。

　飄々《ひょうひょう》として自由を愛する男というイメージのファウゼルが、まさか実家の……しかも、母親の前でこんなことを言い出すなんて。

ファウゼルの表情には覚悟のようなものが滲《にじ》んでいる。

決して茶化《ちゃか》していいような場面ではない。

家を出たとはいえ、ファウゼルは貴族の系譜。それも侯爵位だ。当主である母親の前でこの申し出をすることの意味は、察してあまりある。

「ありがとうファウゼル。お前がいてくれれば千人力だ。こちらこそ頼む」

俺は承諾し、ファウゼルと力強く握手を交わした。

まあ、実際のところファウゼルはずっといるような気がしていたのだが、彼としてはしっかりケジメを付けたかったのかも。

「ふふっ。家を飛び出した時は、現実を思い知ってそのうち帰ってくると思ったものだが……本当に見つけてくるとはな。カイ、うちのバカ息子が家を出た理由の話の途中だったな。そいつは『てめえの仕える人間くらい自分で決める』と言って出て行ったんだよ」

なるほど。帝国で魔法師をやるってことは、当然皇帝に仕えるということだ。まあ、それはそれで安定した生活なのだろうが、ファウゼルの性分だと、それは嫌だったんだな。

「風の噂《うわさ》で、傭兵《ようへい》に身をやつして奴隷商館にいると聞いた時は、こりゃダメだと思ったものだが……まさか、本当に見つけるとはね」

なるほど、だから「自分が紹介された」という状況なのか。ファウゼルからすると、ずっと親不孝していたから、俺を紹介することで安心させたかったのかもしれない。

とすると、俺のやるべきことは――

「ディー侯爵。僕が息子さんを託すのに足る人間なのかどうか……判断したい。そうお考えではないですか？」

「いや……ファウゼルが自分で決めたことだ。どうなるにせよ、私は何も言うつもりはないよ。捨て駒に使うようなことさえなければ、それで」

ディー侯爵はドライな雰囲気を出しているが、そこはかとないファウゼルへの愛情を感じる。妹とも関係悪くないみたいだし、実はけっこう家族仲が良かったのでは。

「君の目指しているもの……不幸のない国だったか、それが成せるものかどうか、私にはわからない。それほど統治するというのは難しいものだからだ。ファウゼルは魔法師だから、一人いるだけで国は安定するだろうが……それに頼りすぎるなよ。これは先達からの助言と思ってくれ」

「ありがとうございます。肝に銘じます」

国を運営するのに「力」は必要だ。国家の三大要素は「領域」「国民」「支配」だからだ。その地域を支配していること、権力が発生しているという状況があって、初めて国家を名乗ることができる。それがなければ、子どもが「ここは俺の国ー」とふざけているのと大差ないのだ。

だからといって、その力を振り回したら国は簡単に崩壊する。力を持っているからこそ、それを正しく制御し、管理しなければならない。

うちは、他の要素――「領域」「国民」と比べて、突出して「力」が強い。

「おふくろ、大将のとこじゃ俺なんか弱いほうだぜ」

うまくまとまったと思ったとこに、ファウゼルが口を出した。

「弱い……？　魔法が使えなくなったのか？　帝国魔法師団で副団長まで務めたお前が弱いなんてこと、あるはずないだろう」

息子の「自分は弱い」発言に首をかしげるディー侯爵。

心底不思議だという顔だ。

「ファウゼル、その辺の話はいいんじゃないか？」

「いいや。おふくろには、大将のことをちゃんと知ってもらいてぇ。今はまだ、そのへんのボンボンだと思ってる節がある。俺の大将なんだ。すげぇ奴《やつ》だって、自慢させろ」

うーん。ファウゼルには妙に好かれた感じがあるとは思っていたが、ちょっと評価上がりすぎなんじゃない？

「おふくろ、俺はそこの護衛の嬢ちゃんにも勝てないんだぜ」

「そこの子も魔法師なのか？」

「大将と妹さんは祝福者だぜ。それに魔法師なら、まだ島にも何人もいる……。一人、俺たち一家が束になっても敵《かな》わねぇヤバいのもいるし、エドワードも家族で暮らしてる」

自分のことのように話し出すファウゼル。

こいつって無頼な印象に反して、けっこうお喋《しゃべ》り好きなんだよな。まあ、別に今更知られて困ることはない。さすがに、エドワード襲撃事件の犯人が俺だというのは、帝国上層部へは口止めしておいて欲しいところだが。

そこはおふくろさんを信じるしかないか。

「なるほど、エドワードを殺したことにして勧誘したのか。まあ、あいつが軍を抜けるには、それぐらいしかないだろうが……よく、あいつが承知したな」

「おふくろ、カエデちゃんの件は知ってたか？」

「ん……ああ。舞踏会で口さがない連中が話しているのを聞いたよ。祝福の儀式の最中に行方不明になったんだってな……。父親によく懐いて可愛《かわい》い子だったのに」

「そのカエデちゃんの命を救ったのが、大将なんだよ。だからエドワードも一緒に暮らしてるんだ」

「なんだと……？　私は死んだと聞いていたが……」

どうやら、元々ディー侯爵の家と、エドワードの実家であるエンフィールド家とは付き合いがあったようだ。

知り合いの家族の安否の話だから、真っ先に話したかったのかもしれない。

「ふむ……どうやら、嘘《うそ》を言っている風でもないようだな。フィオーナ、ちょっと下に行って人数分の食事の用意を。ああ、ファウゼルが帰ってきてることは言うなよ？」

「はい、お母さま」

パタパタと駆けていくフィオーナ。

「君たちも、時間は大丈夫だろう？　興味が出てきた、詳しく話を聞かせてくれ」

ということで、食事にお呼ばれすることになった。


食事の準備をする間に、いくつか話をしたところによると、ディー侯爵はエドワードの実家であるエンフィールド家と同じ前帝派であり、現皇帝とは意見の合わない部分が多いのだということだった。

前にエドワードが操られてラベルダ王国へ攻め入るという話になった時も、アネーロのほうが帝都から近い港であるにもかかわらず、これを使わせず、結果としてここより南にある港町ノメルに軍営を置いたのも、それが理由だ。

ファウゼルによると、口は堅いから信用していいとのこと。まあ、さすがに帝国にとって不利益になる情報なんかは、口外する可能性もあるだろうけれど、そうでないことならわざわざ口にすることはない……そんな風に感じた。

「みなさま！　食事の用意ができましたわ！　食堂までどうぞ」

ファウゼルの妹のフィオーナが執務室まで俺たちを呼びにきた。

俺は移動する前にファウゼルを呼び止めた。

「なあ、せっかくだからエドワードたちも呼んでこようか？」

「お、そうか。なるほど、大将も悪戯《いたずら》好きだな。おふくろ驚くぞ」

「ついでにレイラが使い物にならないから置いてくるわ。人数増えるかもってことだけ、伝えておいてくれ。なるべく早く戻る」

レイラはついに一言も喋《しゃべ》ることなく、ずっと彫像のように微動だにしなかった。

元は提督の孫だかなんだかだったんだし、貴族には慣れてそうなもんだが、帝国貴族みたいなマジもんの大貴族と会うのは想定外だったのかもしれない。モンディアルは本当に小国だったらしいからな……。

レイラとアビス、ルキアも連れて一度開拓村に入る。そのまま、北側から出るころにレイラが再起動した。

「うわわっ！　なんなんスか、ここ！　どこなんですか？　……ボクさっきまで、どこにいたんでしたっけ？？？」

まあ、こういうリアクションはもう慣れっこだ。例外なく全員驚くのだから。

「さあ、レイラ。我が国へようこそ」

「えっえっえっ」

あんまりまごまごしていると、ずっと息を止めてるアビスが可哀想《かわいそう》なので、さっさと北の出口から出る。

「あっ？　あれ？　また全然違うとこに出たっス。えっ？　えっ？　えっ？」

キョロキョロと辺りを見回し、状況が把握できないレイラ。俺が簡単に説明すると、ようやく理解してから腰を抜かした。

「じゃあ、ここ『禁忌の島』ってことじゃないっスか！　ヤバいっス！　悪いことが起こるっス！」

「ほんとうるさいわね、この子。ユーリセシルさんに再教育させましょう、お兄ちゃん」

「まあ……そのうち慣れるだろ」

結界の大樹から降りて、屋敷に入り、人をやってエドワードたちを集め事情を話した。

「ミレイユ様か。確かに、ずいぶん長く挨拶していない気がするよ。しかし、いいのかい？　私や妻とカエデまで」

「まあ、いいんじゃないですか。元々、付き合いがあったんでしょう？」

エドワードが生きていると知られれば、彼の実家であるエドワード家に話が行き、結果的に帝国に我々のことが知られる可能性があるのだが、そこは上手《うま》く口止めしてもらうか、家族にだけコッソリ教える方向で頼みたい。

まあ、もうここまで来たらバレてもいいという気持ちもある。帝国や神殿が島に攻め込んできても、なんとか守り切れる自信があるし、エドワード一人のことで、大軍を動かす親だったのです？」

ほど帝国もバカではあるまい。

「カイ様、ミレイユとは、ミレイユ・ディー侯爵ですか？　あの方がファウゼルさんの母親だったのです？」

「ん？　ユーリも知ってるのか？」

「ええ。ディー家とモンディアル家とは少しですが交流がありましたから。フィオーナ様にお茶会に誘っていただいたこともあります。まさかファウゼルさんがあの家の出だったとは知りませんでしたが。フィオーナ様もミレイユ様も男系の嫡子がいるなんて一言もおっしゃっておられなかったのに……」

「ああ、あいつ完全に縁切るつもりで家を出てたみたいだからな」

俺も出会ってから、さっきまで奴《やつ》のファミリーネームは知らなかったくらいだ。

「……カイ様。私も行ってもいいですか？」

「いいけど……いいのか？　ユーリの家は帝国に滅ぼされたんだろ？」

「あの侵攻にはディー侯爵は関わっておられないはずです」

「どうしてそんなこと知ってるんだ？」

「帝国の侵攻を前に早馬を出してくれたのですよ。ディー侯爵が。それで少しはこちらも準備をする時間が稼げました。まあ、結局はどうにもならなかったわけですが」

なるほど、エドワードの件からも察せられたことだが、ライムリーグ帝国も一枚岩ではないということか。大陸のほとんどを版図に持つ大国なのだから、当然かもだが。

「ですから、その時のお礼をしたいのです」

「そういうことなら、一緒に行くか」

「あっ、あのカイ君！　なら、私もご一緒してもいいだろうか」

話に入ってきたのはサラだ。最近では、料理の手際もさらに良くなり、完全に料理人然としてきているが、元はモンディアルの貴族だ。

ユーリと交流があったなら、彼女の近衛《このえ》魔法使いだったサラも知らないはずがないのか。

「じゃあ、サラも行こう。外の人間と交流する機会、全然なかったしな」

この島に来る前の知り合いに会いたいという気持ちはわかる。

もしかしたら、あんまり大人数で押し掛けたらディー侯爵も迷惑するかもだが、まあこの際だ。大貴族なのだし、懐も深いと信じよう。

というか、ファウゼルがたぶん上手《うま》く説明してくれているだろう。

結局、アビスとルキアも留守番は嫌だというので、エドワード夫妻にカエデ、ユーリにサラも交えた大人数で戻ることになった。

「おっ、来たな。って姫さんも一緒か」

ユーリとサラが付いてきた理由を教えると、ファウゼルは家同士の交流を知らなかったようで驚いていた。サラによると、ユーリが年頃になってからの交流だったのだとか。

部屋を出てぞろぞろと階段を降りる。

そういえば、こういうお城に入ったのは初めてだった。ファーレー教の大聖堂もかなりお城っぽい建物だったが、宗教建築だけに内装は質素なものだった。

だが、このお城はそこはかとなくお金が掛かっているのがわかる。壁は白く塗られていて清潔感があるし、板張りの床はつるつるに磨かれているし。

大貴族の邸宅なのだから、技術的には最高のものが使われているのだと思うが、これはなかなかいい線行っている。

その中でも、特に俺の目を引いたのは、なんといっても窓ガラスだ。

ガラスは前に一度買って開拓村に入れたのだが、まだ流通するほどには至っていない。なにより、この城のガラスは透明度が高く質が良い。

ラベルダに住んでいた頃は、家は普通にガラス窓だったので特に気にしていなかったが、いざ手に入れようと思うと良い品はあまり売っていない。素材も見つからない。

地域差だろうか？　ラベルダ地方の特産品だったのかもしれない。

いずれにせよ、素材から手に入るのなら手に入れておきたい。

床に敷かれた絨毯《じゅうたん》もなかなか技術が高い。階段の手すりの木工技術もなかなか。なんといっても、築城の技術がすばらしい。石材と木材を上手く組み合わせてこれだけ大きなものを建てるのだから。いずれは、うちでもこれくらいのものを作りたいものだ。

「どうしたんです、兄さん」

内装を見ていて俺（とアビス）が遅れると、ルキアが戻ってきた。

「ん？　うん、お城って豪華でいいなと思って」

「そうですね……確かに素敵です。ファウゼルさんの妹さん……フィオーナさんでしたっけ、綺麗《きれい》なドレスを着て、いかにもお姫様って感じでしたね。ちょっと憧れるかも」

「なるほどな。まあ、でもそこはもうルキアはお姫様だから」

「うう……。そういえばそうでした。私もまだ意識が足りないですね……」

「まあ、なかなか難しいよな」

俺が王様ならルキアはとっくにお姫様だ。今日、こうして貴族の食事に招かれた以上、対外的にも王族として振る舞わなければならない。

俺たちは「海外」の王族。この場合、大切になってくるのは王族だという自認である。誰も俺たちのことを知らないのだから、俺たちが「いや一般人っスよ」と言ってしまえば、そのまま一般人になってしまうのだ。

「ルキアも姫として振る舞えよ。そういえば、ユーリの王族教育続いてるんだろ？」

「ええ。食事くらいなら問題ありません。むしろ、兄さんは大丈夫なんですか？」

「ふふふ……正直自信ない。いや、見よう見まねでなんとかなる。たぶん。むしろ、アビスがヤバいのでは……？」

アビスは「護衛だから離れない」の一点張りで付いてきているのだが、さすがに食事の席で一人立たせておくのは忍びない。かといって、テーブルマナーは厳しいのでは。

「ああ、アビスさんならもうユーリさんが仕込んだって言ってましたよ」

「え、いつのまに」

「……かんぺき」

アビスも自信があるらしい。まあ、教えれば物覚えもものすごく良いからなぁ。アビス。

「おーい！　なにやってんだ。迷子か？」

つい話し込んでしまって、ファウゼルに呼ばれてしまった。

急いで食堂へ向かうと、入り口の前でみんな待っていてくれた。いちおう俺が主賓なので、最初に入れということらしい。

俺が中に入ると、テーブルに着いていたディー侯爵とフィオーナさんが立ち上がった。

「すみません、遅くなりまして」

「遅かったな。ファウゼルから、なにやら準備があるから待って欲しいと言われてはいたが……一体なんの準備があったんだ？　人数が増えると聞いたが……」

「ええ、意外とディー侯爵と縁がある者が国に多くてですね。せっかくだからお呼ばれしたいというので、迷惑かと思ったのですが」

「ふむ？　近くに待機させていたのか？」

「そんなようなものです。じゃあ、みんな」

俺の合図でぞろぞろ部屋に入ってくるみんな。

順番にディー侯爵とフィオーナさんに挨拶をする。

「エドワード！　エドワードじゃないか！　それに、アイシャとカエデも！」

「ご無沙汰しておりました、ミレイユ様。ご壮健のようで何よりです」

「お前たちこそ元気そうじゃないか……。私はもうてっきり死んだものだと……」

「カエデちゃんもこんなに大きくなって……。行方不明だって聞かされてたのに、もう立派なレディーだ」

突然の再会に涙ぐむ二人。特にファウゼルの妹のフィオーナさんは、カエデとも親しい関係だったようで、カエデを抱きしめて本当に嬉《うれ》しそうだ。

「フィオーナお姉ちゃんも綺麗《きれい》になったね！」

「あー、生意気なこと言って！　私だって、もう年頃なんですからね。むしろ、行き遅れの気配があるくらい——って何言わせるの！」

泣き笑いしながら、そんな冗談を言うフィオーナさん。

彼女は二十代前半くらいだろうか。貴族がどれくらいで結婚するものなのかは知らないが、女の貴族は跡取りを産む必要がある為《ため》、比較的早くに結婚すると聞く。

自由気ままに遊んでいるファウゼルと違って、責任重大で大変だ。

「ミレイユ様、ご無沙汰しております。私のこと……覚えておられますか？」

次に前に出たのはユーリだ。悪戯《いたずら》っぽい笑みを浮かべて試すようなことを言う。

「その声……他人の空似では……あるわけないな。モンディアルの宝石とまで謳《うた》われた君を見間違えるはずがない。しかし、まったく……今日はなんて日だ。ファウゼルが戻ってきただけでも驚いたのに、これでは心臓が止まってしまうよ」

「ふふ、驚きました？」

「夢を見ているような気分だよ。ユーリ、君もカイに助けられた……そう言うのか？　だが、彼は君と同い年くらいだろう？」

「奴隷商に捕まっていたのを助けてくれたんですよ。サラと近衛隊《このえ》共々」

「奴隷……？　おお、二年くらい前にスコルパで奴隷が脱走したという話を聞いたな、そういえば。あの時の奴隷が君だったのか……？　いや、ちょっと待て、ひょっとしてうちのバカ息子もそこにいたんじゃないか？」

鋭いなディー侯爵。まさしくバカ息子が一枚噛《か》んでましたよ。

「もうそのことは忘れてくれ……。まさか、おふくろと縁があったなんて知らなかったんだよ。それに、あの時は雇われだったしな」

頭を掻《か》いて弁明するファウゼル。まあ、出会った時は敵同士だったからなぁ。

「まったく、崇高な目的があるかのように家を飛び出したくせに、奴隷商の用心棒なんぞに成り下がっていると知った時の私の気持ちも考えてくれ。報告を受けたときは眩暈《めまい》がしたよ。そのうえ、私と友誼《ゆうぎ》のある者を奴隷に貶《おとし》めるなど──」

「そう叱らないでやって下さいな、ミレイユ様。私たちはそのおかげでカイ様と出会うことができたのですから。今では逆に感謝しているくらいなんですよ」

これはユーリが本当に時々言っているから本心だろう。

実際、俺たちの出会いは偶然だ。たった一つでも歯車がズレれば俺とユーリが出会うことはなかったと思う。

「そうだぜ。その件に関しては俺なりにケジメもつけたし、和解している」

「まあ、本人がいいなら私からなにか言うつもりもないが……。それにしても……カイ様か。彼はユーリの『いい人』なのか？」

「はいっ！　正妻ですっ！」

俺の左腕に縋《すが》りつくようにくっ付きながら、そんなことを言うユーリ。

「ちょっとユーリセシルさん、ドサクサに紛れてなに言ってんですか！　正妻は私ですよ！」

「あなたは妹でしょう！」

ルキアまで右腕にくっ付いてくるので、収拾がつかなくなる。

「ルキアもユーリも場所を弁《わきま》えろって！」

「はっはっはっは！　皇太子の求婚すら華麗に躱《かわ》したモンディアルの宝石が、まるで市井の少女のようじゃないか！　ユーリ、カイはそれほどいい男なのかね」

「世界一ですっ」

屈託のない笑顔で即答するユーリ。

その姿に、ディー侯爵とフィオーナさんは顔を見合わせて苦笑した。

「いやはや、そうか。バカ息子……ファウゼルの見る目は信用していいかわからなかったが、ユーリほどの女がそう言うなんて、よほど優秀な男なのだろう。エドワードから見ても、そうなのかね？」

「そうですね。カイ君ほどの人物は私も見たことがありません。彼の国作りには、私も楽しく参加させていただいておりますよ。カエデと私を救ってもらった恩人であることを抜きにしても、彼には人の心を掴《つか》むなにかがあります。私たちの国はまだ小国ですが、いずれは必ずこの世界にその名を轟《とどろ》かすことになるでしょう。ミレイユ様も先物買いをしておくことをお勧めしますよ」

ベタ褒めだよ！　あんまり本人がいるところで、そういう話しないで欲しいんだけど。余裕こいて受け流すのも限度があるよ。

席に着いて食事の最中は、主にユーリとモンディアルの話とエドワード家族と神殿の話になった。

ユーリが話していた通り、ディー侯爵領からはモンディアルへの兵を出さず、秘密裡《ひみつり》に早馬を出し兵の準備をするか、侯爵領への亡命を提案したのだという。

だが、モンディアルの王家は自分たちだけ逃げるわけにはいかないと交戦。結果として、モンディアルは地図から消滅した。

「それより驚いたのはエドワードの話だな……。まさか、神殿がそんなことをしていたとは。ラベルダ侵攻の件は、エドワードらしくないとは思っていたが……」

「ええ。カイ君が止めてくれなければ、あのままラベルダへの侵攻も実行していたでしょう。結局、あれが神殿による暴走だったのか、国の上層部の意向だったのか不明ですが」

「神殿の暴走か……。私のほうでも少し当たってみよう」

ディー侯爵は、一口で言えば普通に話の分かる人だった。こちらの話をちゃんと聞いてくれるし、神殿に対しても変なバイアスが掛かっていない。

魔法使いは本人が強烈に強いからか、何かに頼ろうという気持ちが薄い分、神殿みたいな宗教とあまり近付かないと聞いてはいたが、彼女もそうなのだろう。

あるいは、帝国という軍部が強い国で生まれ育ったからというのもあるのかもしれない。エドワードもファウゼルも元々あまり神殿が好きでないようだったし。

「それで、カイ……君は神殿と戦っているというわけなのだね？」

一通りのことを話した（さすがに大聖堂侵入のあたりは話さなかったが）あと、ディー侯爵はそう訊《き》いてきた。戦っているというか、戦っていたというか。

「そうですね。神殿の上層部に関してはほぼ敵とみていいかなと思っています。もちろん、あれだけの巨大組織ですから、表立って敵対する気はありませんが、もし国に攻めてきたとしても、返り討ちにするだけの戦力はすでに用意してあります」

「返り討ちか！　神殿を？　ハァッハッハッハ！」

歯を剥《む》いて豪快に笑うディー侯爵。笑い方はファウゼルと似ているな。

まあ、侯爵である彼女からしても、神殿というのはそれなりの独自戦力を持った組織という認識なのだろう。

「気に入ったよ、カイ・ハスクバーナ。今回、君が来たのは交易の為《ため》と言っていたが、他にも狙いがあったんじゃないのか？」

「読まれていましたか。そうですね……僕の国はまだまだ誰にも知られていない小国ですが、あなたと友好同盟条約を結びたいと思っています」

外の世界との繋《つな》がりは大事だが、今のところ伝手《つて》があるのはファウゼルの母親であるディー侯爵だけだ。状況によっては、こんな申し出は難しいと思っていたが、話せる人だしすでに顔見知りも多い。

条件を訊くくらいはできそうだ。

ちなみに、ここでの同盟とは帝国との同盟ではなく、あくまで侯爵との同盟となる。

そもそも、貴族とはそれぞれ領地を持つ小規模な王のようなもの。帝国が敵対している国と同盟を結ぶのは無理でも、まだ知られていない国と関係するのは自由なのだ。

「同盟か……。私個人の判断で簡単に決められるものでもないが……しかし、君はその同盟によって、なにを差し出せる？」

「我々の島の特産品を優先的に卸しましょう。将来的には活発な商取引の為《ため》に市場を開放するつもりですが、最初の数年は専売でもいいかなと思っております」

「ずいぶん、自分たちの商品に自信があるようだな？」

「ちょうど一つ持ってきておりますから、召し上がって下さい」

俺は、さっき開拓村から持ってきていたミカンを一カゴ手渡した。開拓村産のミカンは、今まで絶賛されなかったことがない、開拓村特産品の不動のエースである。

元々、島で野生化していた種だが、おそらく間違いなく魔法文明時代の遺物だ。酸味と甘みのバランスが良く、この世界のフルーツで、俺が食べた中では一番美味《おい》しい。

侯爵とフィオーナさんがミカンを剥《む》いてひと房口に入れる。

「ん、確かに美味しい」

「上品な味ですね。私、これ好きです」

「気に入っていただけたなら良かったです。他にもいろいろありますが、とりあえず専売ルートを確保していただければ、我々としては助かります」

「話はわかった。だが、これならわざわざ専売にせずとも、いくらでも良い条件で売れるだろう？」

「ええ。ですから、いずれは市場を開くつもりですよ。しかし、我々は人数も少なくやらなければならないことも多い。海千山千の商人相手に立ち回るよりは、信用できる相手としばらくは取引をしたいと思っているのですよ」

まあ、実際はどこかの大商人相手に契約するのでも、同じような効果は得られただろう。だが、商人と契約するのと、領主と契約するのとでは似ているようで意味が違ってくるのだ。商品を取引するのと同時に、お互いの信用も育むことになるというのもある。

また、我々の商品は出所の怪しい品だ。侯爵のお墨付をいただければ、今後の交易もやりやすくなってくるだろう。

「おふくろ、俺が言うのもおかしいかもしれねえが、これは良い話だぜ。本当なら、他に話が行ってもおかしくなかったのを、俺が伝手《つて》があるからって、無理に頼んだんだからな」

そうだっけ？　まあ、確かにファウゼルの伝手を頼ったのは確かだが……。

「私からもお願いしますわ、ミレイユ様。あの島では、世事に疎くなってしまいますし……、国を大きくするなら社交界との繋《つな》がりも必要ですから。あっ、そうですわ、カイ様。お二人に、島を見てもらったら」

「ああ、いいですね。食事が終わったらご案内しますよ。とんでもない田舎でビックリすると思いますが」

その言葉に、二人は訝《いぶか》しんだ表情をしていたが、百聞は一見にしかず。連れて行ってしまったほうが早い。

食事の後。ディー侯爵には俺の能力のことを簡単に伝え、島に移動することになった。ディー侯爵は大貴族だから、本当はこういうことに簡単に誘っていいのかわからないが、俺たちの国はなにもかも異例だ。多少、強引にいくことも必要だろう。

「では行きましょう。全員手を繋《つな》いで。『てのひら開拓村』！」

島を一通り案内すると、侯爵は公共事業——特に灯台と港と水道に驚いてくれた。戦力として魔法使いの数もプレゼンしたが、なんといってもうちの最強戦力はカエデのゴーレムである。侯爵も、あれがもし戦場に投入されたら止められるものなど、この世界に存在しないとすぐに理解できたようで、ちょっと顔が青くなっていた。

侯爵は信用できそうな人物だが、島をこの段階で見せるのはある種の賭けではあった。まだ、あんまり開拓が進んでいないから、優先して作った港や灯台なんか以外には、これといって見どころがない。

住民もいないから、ガワだけ立派なハリボテの街という印象を与えてしまったかもしれない。

それに、こちらの戦力を見せすぎた可能性もある。

相手は帝国の大貴族だ。海に隔てられているとはいえ、近くにこれだけの大戦力がある
というのは気持ちのいいものではないのかもしれない。

あるいは、弱小の気配を出しておいて、可愛《かわい》くお願いするくらいのほうが良かったのか。

とはいえ、見せるということ自体が、信用の証《あかし》であるとも言える。

こちらからカードを切らなければ、始まらないのだ。

案内を終えて、侯爵の屋敷へ戻ってくるころには、すっかり暗くなってしまっていた。

部屋を用意するから泊まっていけと言われて、厚意に甘えることにした。

そして、次の日。

「カイ。昨日一日考えてみたが、君の申し出を受けさせてもらうことにするよ」

ディー侯爵は朝の挨拶もそこそこに、そう言った。

「ありがとうございます」

「ただし……一つだけ条件を付けさせてもらう」

やはり来たか……。まあ、相手はかなり広い版図を持つ大貴族。一方、俺たちは戦力こ
そあれど、実績はゼロだ。島もまだほとんど未開拓に近い。

あんまり無茶《むちゃ》な条件でなければ、なるべく受けたいと思うが、はてさて。

「フィオーナ、来なさい」

「はい。お母様」

後ろに待機していたフィオーナさんが、ディー侯爵の横に立つ。

「カイ。君の申し出は私との友好同盟だったな？　さて、君は同盟について……どの程度の理解があるかは知らないが、一番強い『繋《つな》がり』がなにかはわかるな？」

「え、そりゃ、血縁……。え？　嘘《うそ》ですよね？」

血縁。そして、まだ独身のフィオーナさん。

すぐにディー侯爵の意図を察してしまった。

「嘘ではない。魔法師である貴族は『父親』にはあまり頓着しないと聞いたことはないか？　跡継ぎを産むのが至上命題だから、種がダメなら他へ当たることもよくある……。だが、フィオーナはなかなか縁談も纏《まと》まらず困っていたのだ」

「いえいえいえ、でもそれって政略結婚……ですよね？　それに、フィオーナさんは跡継ぎなのでしょう？」

「別に君は一緒に暮らさなくても良い。昨日の瞬間移動能力でときどきフィオーナを抱きに来てくれれば問題ない。生まれた子どもは、当然うちの跡継ぎとして育てるが」

嘘だろ……。完全に想定外なんですけど。

「つまり、君の国と血縁同盟を結びつつ、こちらは跡継ぎとして良い種を手に入れられる。願ったり叶《かな》ったりだ。私がもう少し若ければ、私が種を貰《もら》っても良かったくらいだよ」

　んなバカな。帝国貴族社会についての認識が甘かった。

　でもよく考えるまでもなく、彼女たちの価値観は「女系の嫡子」を産むことが至上命題であって、男はわりとどうでもいいのかもしれない。というか、男の血について頓着しない。結局、貴族にとって大事なのは「魔法使いを産む女系嫡子」の血であって、次代の貴族を産むのに、男の血は全く関係しないのだから。

　もちろん男の魔法使いが生まれれば、その戦闘力は頼りになるだろう。だが、それはあくまで一代のボーナスのようなもの。

「……しかし、僕は知っての通り何人も妻にする……予定になっております。フィオーナさんを娶《めと》るといったら、当然正妻という待遇でなければ失礼となるでしょう。しかし、すでにそれは予約されておりまして……」

　しどろもどろに言い訳をする俺。いや、だって困るでしょ、普通に。

　フィオーナさんも断ってくれよ。

「ふふ、さっきも言った通り、貴族の社会ではそれは問題じゃないんだ。こっちが君を迎え入れる側になるのだからね。それに、君はまだ知られていないとはいえ、王だ。あの神殿の認可状も本物のようだったしな。それに、他国と血の繋がりが得られるのだから、こちらからお願いしたいほどだよ」

「フィ、フィオーナさんはそれでいいんですか？　今まで縁談断ってきたんでしょう？」

「お兄様が認めるほどの方ですもの。ふつつか者ですが、よろしくお願い致しますわ」

ポッと頬《ほお》を染めて、完全にまんざらでもない様子のフィオーナさん。

いや、マジで。本気か、この人たち。

「それに、君のような賢い子が息子になるなんて、なんとも良いじゃないか。うちのは二人とも頭はちょっと残念だったからね。これは種が悪かったんだな。うん」

「いえいえいえ、ファウゼルはけっこう頭いいですよ」

「ああいうのは悪知恵が働くというのだよ」

ディー侯爵が言うには、領土の管理なんかは難しい部分があるので、将来フィオーナさんが継いでからの不安もあったのだそうだ。

そのへんの助言も俺にしてほしいなどと頼まれてしまった。

「しかし、昨日の今日で、どうしてこんなに信頼を勝ち得てしまったんでしょう。というか、いいんですか、本当に……」

「私も長く生き馬の目を抜く貴族社会で生きてきたからね、君のように力も行動力も理想もある若者に未来を託したくなるのだよ。だとしても、ファウゼルのやつめ、まさかこれほどの大当たりを引いてきてくれるとは、私も夢にも思っていなかったがね」

すでに、縁談自体を断れる雰囲気ではない。

自分がやってきたことが楽な道のりだったとは思わないが、それでも状況に迫られてやったこと。なにより、能力があったからこそという部分が大きい。

だから、あまり過大な評価をされると恐縮してしまうのだが、しかし国を運営する以上、侯爵が婚姻による血縁を結んでくれるというのは、無視できない好条件でもあるのだった。

というか、フィオーナさんがすでに乗り気なのに、断れるわけがない。腹を括《くく》れ！

「三年……三年だけ待っていただけますか……？　婚姻のほうは。まだ、国のほうが全く軌道に乗っておりませんので……」

全然、腹を括れていないが、いきなりはさすがに無理だ。

「カイ。女の三年は長すぎるよ。その三年で子どもが三人産める。待って一年だ」

「一年……。わかりました。ただ、みんなにも相談させて下さい」

「いいだろう。色よい返事を期待しているよ」

その後、ディー侯爵に部屋を借りて、みんなと相談することになった。

さすがに、いきなり縁談にまで発展するとは誰も想像していなかったようで、部屋は驚きの喧噪《けんそう》に包まれた。

「ちょ、ちょ、ちょ、兄さん。それ受けるんですか？　だって、縁談なんて……急に……」

「いちおう相談すると言ってきたから、決まってないけれど……。フィオーナさんも乗り気のようだし、かなり断りづらいな。状況的に。それに、悪い話じゃないのも確かだ」

「私は賛成です。この話が出たのは、カイ様のことが余程気に入られたからでしょう。ミレイユ様は、かなり男性に辛辣なタイプですが、さすがカイ様ですわ」

「ちょ、ユーリセシルさん、いいんですか？」

「私も元は王族の娘。弁《わきま》えていますわよ」

ユーリはたぶん国が滅びなかったら普通に政略結婚してたんだろうから、一般人出身のルキアとは結婚観が違うのだろう。貴族であるエドワードやカエデも普通に賛成。

アビスに関しては、よくわかってなさそうだったが、今までと変わらないならOKという感じだった。

「ファウゼルは？　相手、お前の妹だぞ。さすがに、ちょっと嫌だろ」

「大将、うちの妹じゃ不満なのか？」

「そういう意味じゃない。お前が嫌なんじゃないかって話だ」

「なんでだ？　大将とフィオーナが結ばれてくれりゃあ、こんなに嬉《うれ》しいことはねぇよ」

快活に笑うファウゼル。ルキア以外、全員OKということか……。

「それに、カイ様。一年後の約束なのでしょう？」

「ああ。ただ一年なんてすぐだろう」

「いいえ。一年あれば十分ですよ。ルキアさんとの勝負も付いているでしょう」

「勝負ってなんだっけ」

「それはこっちの話……。ルキアさんもいいですね？　タイムリミットだと思いなさいな」

「う……、一年……一年か。い、いいでしょう！　受けて立ちます」

「ふふ……チョロい……。というわけで、全員問題ありませんので、そのお話お受けしましょう、カイ様」

結局、受けることになった。

しかしこれで、ユーリを始めとして女性関係のこと……いい加減、はっきりさせなければならないだろう。今までは、落ち着くまではと思っていたけれど。

話がまとまってから、侯爵を伴い港街アネーロへ戻り、ミカンを始めとする特産物を荷下ろしし、御用商経由でディー侯爵へ受け渡した。

金額は、こちらが想定していたよりも、かなり多い額になったが、そのお金でいろんな商品を仕入れたことで、残ったのは三割程度になった。

御用商とのパイプができたので、これからは侯爵との直接取引ができる上に、必要なものは手配してくれるのだという。

すべての用事が済んで、俺たちは商品を満載した船で港を出た。

陸地が見えなくなってから、船ごと開拓村に入り、島へと帰還。

開拓村の能力があると、帰りが楽で助かる。

◇◆◆◆◇

ディー侯爵との交易は唸《うな》るほどの外貨を運んできた。

彼女によると、ミカンを上流階級に卸すだけで、相当に儲《もう》かるらしく、今、島はちょっとしたミカン景気に沸いている。

ミカンの何が良いかというと、この島で普通に作付けできていて収穫できるという点にある。つまり、開拓村由来でなくても用意できる商品なのだ。

ミカン用の木箱を用意して、そこに緩衝材として羊毛を詰め、その上に厳かにミカンを並べていくと、まるで黄金の如《ごと》き輝きだ。

ちなみに、一つを金貨一枚で売っているらしいから、ディー侯爵はかなりの商売上手である。

まあ、そのうち自然と値崩れしていくだろうが、このミカンが美味《おい》しいのはこの島の気候も関係しているはず。まだしばらくは、これ一本で外貨を稼ぐことができるだろう。

ミカンの木ばっかり植えたら「ミカン島」になってしまうな。

「カイさん、じゃあ行ってくるっスよ！」

「頼むぞ、船頭さん」

「ちょ、それはもうやめてっス」

レイラは、無事に俺のことを認めてくれたようで、呼び名も船頭さんから、名前呼びに変えてくれた。普通に巨大な港と灯台を見て見直したらしい。

そのレイラは、今は交易船の船長だ。

最初の交易で使ったボロ船は、今は練習用の船として港に係留されている。

レイラが乗っているのは、ディー侯爵に用意してもらった大型船で、ミカン貿易で得た金で購入したピッカピカの新造船である。

しかも、俺やカエデがこの島に連れて来られた時に乗せられた神殿の大型船と同規模のもの。値段は目が飛び出るようなものだったが、必要なものなので奮発した。

レイラと一緒にいた元モンディアルの人たちも、そのまま交易船の船員として働いてくれている。

将来的には船を増やすのも視野にいれているが、今のところは一隻でも十分である。

突発的に船に乗り切れないほどの商品が必要な時は、俺が能力を使って対応できるからだ。ただ、船旅については、能力だよりでなく慣れてもらう必要があるため、徐々に船は増やしていきたいと考えてはいる。

他国へ行く為《ため》には、どうしても船旅が必須。操船技術については、この国で暮らす上で、必須に近い技能になるのはわかりきっているのだから。

交易で得た外貨を使って、いろいろな商品を仕入れ、開拓村に入れることができた。中でも、ガラス、木材、植物、食材、家畜、鉱石、酒、紙、本、茶、磁器、石炭……このあたりは、開拓村のレベルをグッと上げることができた。

食材も香辛料やら調味料やらが手に入ったことで、料理の幅が広がった。

『外遊』に出していた三人の若者も戻ってきたことで、開拓村の中の細かい部分が、次第に改良されていき、今ではずいぶん洗練された街に変化していた。

もうそろそろ、「開拓村」という名称は無理があるかもしれない。

島の公共工事も進み、ため池と水道の整備も完了。主要道路はすべて石畳の道とし、宿も作った。問題は人の受け入れがまだだという点だ。

ディー侯爵とも相談した結果、家督を継げない者で職に困ったものを斡旋《あっせん》するのは簡単だという話で、侯爵の所領だけでもそういう若者は毎年たくさん出るのだという。

こちらに問題がなければ口をきいてくれるというから、来年の春くらいからそちらも徐々に受け入れていくことになった。

そうして忙しい日々は過ぎ、秋が終わり、冬の始まり。

この島は夏は暑く、冬は寒い。ちょうど前世の日本の気候に似ているかもしれない。

「ルキア。来週の頭になったら行くぞ」

「やっと落ち着きましたもんね。兄さん」

結界の大樹から街を見下ろしながら、俺はようやく一段落したなという想《おも》いでいた。

「どうしても、しばらく離れることになるからな。後回しになっちゃったけど」

本当はもっとすぐに、場所がわかった時点で一度顔を見せにいくべきだったのかもしれない。だが、どうしても優先してやらなければならないことが多すぎた。

ラベルダ王国まで行くのに、行きだけで十日は掛かる。

「実家か……。親父《おやじ》、元気にしてるかな。正直、ちょっと心配なんだよな……」

「父さんなら大丈夫ですよ。強い人ですから」

「そうだろうか……」

親父はもともと俺たちを拾った段階で、奥さんに先立たれて独り身で、俺たちを育ててくれたのだ。まあ、家政婦さんとかはいつもいたけれど、楽ではなかったはずだ。

それで、ようやく十二歳まで育てた二人が、突然両方ともいなくなったのだ。

俺は行方不明、妹のほうは二年の修道院生活の後は音信不通。

その落胆は察するに余りある。

「なんか、想像したら本当に不安になってきたな……」

「ちょ、ちょっと兄さん。私まで怖くなってきちゃうじゃないですか」

ルキアはユーリの影響なのか、俺と二人のときでもなるべく敬語を使うようにしている
ようで、ときどき前の口調が出るが、おおむねこんな喋《しゃべ》り方《かた》になった。

小さいころのイメージが強いから、少し違和感あるが、これも成長なのだろう。

「なんにせよ、早く安心させてやりたいな。ルキアは旅の準備しておけよ」

「あ、ユーリセシルさんも挨拶したいって言ってましたよ」

「無事に着いたら、親父《おやじ》は一度島に招くから、その時でもいいだろう」

ラベルダの俺たちが暮らしていた街は内陸に入ったところなので、陸路を行かなければ
ならない。祝福の儀式の時は、儀式のためだけに大きい街まで出てきたほどだ。

距離もそれなりにあるから、俺とアビスだけで行きたいところだったが、ルキアは自分
も当事者だから一緒に行くと言って聞かないのだ。

とにかく、俺とルキアにとっては三年半ぶりの里帰りだ。

しかも、死んだと思っていた人間の帰還。

……絶対に幽霊だと思われるな。

◇◆◆◆◇

島を出る前に、出せるだけの物資を出しておこうと開拓村を訪れた。

「お、今日はゲームはやってないんですね？」

「おー、ひさしぶりね。ちょっと休憩中」

ステイシーは、すっかり引きこもりゲーマーと化していたが、時々外の椅子でボンヤリしていることがあるのだった。

彼女のことも、そろそろどうにかしたほうがいいのかもしれない。

ずっと開拓村の中にいてもらうのも限度があるだろう。

「今日はどうしたの？」

「ちょっとエネルに用事があって。今度、親のとこに顔出す為《ため》に島をちょっと出るんで」

「へぇ、親かぁ。いいな」

髪と同じスミレ色の瞳が揺らいだ。

ずっと封印されていたステイシーは親とはとっくに死別しているだろう。

気にせず話してしまったが、デリケートな話題だったかもしれない。

「まあ、僕と妹は拾われっ子でして、今回会いにいくのは育ての親なんですけどね」

「そうなんだ。私の時代にも捨て子は多かったけど、あんまり変わってないのねぇ。あの妹さんも血が繋《つな》がっていないの？」

「はい。ルキアがそれを知ってるかどうかは知りませんが、僕と妹は血の繋《つな》がりはないはずです」

ルキアは能力を使って、俺との関係を知ってしまっている可能性がある。

まあ、知ってるにせよ、知らないにせよ、いずれはそのことも話さなきゃなぁ。

「二人、似てないもんねぇ。どっちかというと、ユーリちゃんだっけ？　あの子と姉妹というほうがしっくりくるわ」

「僕も最初ユーリと会った時は、似てると思いましたよ。髪の色も同じですし」

この世界は、髪の色がけっこう多種多様だ。

元日本人としてはちょっとギョッとする髪色をしている人もいる。

だからこそ、髪色が一緒だと似て見えるのだ。アビスとセレスティアルも似てるし
……って、あれは姉妹みたいなものか。

「あんまり親のところには戻ってなかったの？」

「そうですね。もう三年半になります」

厳密には戻らなかったのではなく、戻れなかったのだが、それは今はいいだろう。

「まあ、だからこそ父親には恩返しをしたくて」

そう。せっかく行くのだから、なにか恩返しができないかと考えている。

だが、どう考えてみても、俺たちが元気で生きていたこと以上の親孝行はないような気

もする。自分でそれを言うのも変だが、俺たちが生きて親父《おやじ》に会いに行けるのは奇跡みたいなものなのだ。

何度も諦めかけた。それはルキアも同じだろう。

「会えるなら、会いに行ったほうがいいわよ。父親……か。私も会いたかったなぁ」

遠くを見て、しみじみそんなことを呟《つぶや》くステイシー。

なにか事情があるのだろう。

小さいうちに親が離婚したとか、物心付く前に死別したとか。

今では叶《かな》うことのない願い。

ステイシーほどの力を持っていようと、流れ去った時を戻すことはできないのだ。

「私……封印されていたでしょう?」

遠くを見つめたまま、確認するかのように、そう口にする。

「そうですね。ああ、あれって意識あったんですか? それとも一瞬?」

「少しだけあったけど、ほとんど寝てたような感じ。だから封印が解けた時、その直前の臨戦態勢のまま、あなたと正対してしまった。あの時は悪かったわね。怖かったでしょう?」

「まあ、そうですね。正直けっこう怖かったです。あのレンがビビってたくらいですから」

あれについては苦笑するしかない。あんなに警戒を強めたレンは初めて見た。

「私は能力的にほぼ無敵だからね。不老能力、超再生能力、空間転移、魔眼、読心術……魔法も使えるし、祝福も譲ったのを除けば四種類くらい使えるから。あなたの使い魔も、かなり強いみたいだけど」

ヤバすぎじゃん。当時の神殿はよくこの人を封印まで持っていけたな。

「とにかく、封印されてたでしょう？　よくわからない方法で」

「ええ。なんか四か所ある大聖堂からどうにかして封印してたらしいですよ。詳しくは知りませんけど」

ビーエあたりなら詳しく知ってるかもしれないが、まあ、そこはたぶん彼女が言いたいことの本筋ではないだろう。

「神殿は、よくわかんない封印術を持っている……そのことは、自分で体験したことだし、間違いないわけだけど……。それで……」

遠くを見つめたまま言いよどむステイシー。

なにか言いにくい内容なのだろうか。

「……前に、私がどうして神殿と敵対してたかって話、したじゃない？　あの時、神殿の悪行がどうのって話したと思うけど、本当は違ったんだ」

神殿が弱者の味方ではないから、神殿に代わって貧者に術を与えたり、施したりして聖女と呼ばれるようになった——という話じゃなかったっけ？

「もちろん、弱者の救済も行っていたわよ？　でも、本当の私自身の目的は他にあったの。まあ、その目的を神殿に知られてしまって利用され、封印されてしまったわけだけど」

「目的……ですか。ファーレー教団を潰そうとしたとか？」

彼女はどうも長生きで、魔法文明時代も知っているらしいから、ファーレー教団——元の名前はアラドーロだったか——がやったことの一部始終をわかっているだろう。

今となっては、神殿は巨大になりすぎており、潰すのは影響が大きすぎるが、彼女が封印される前の時代なら、まだやり方次第でどうにかなったのでは。

しかし、俺のそんな予想を覆し、彼女は首を横に振った。

「いくらなんでも、私には神殿を潰すほどの力はなかったわ。神殿は世界中の『魔法才能者』を味方にしていたからね。いくら私でも魔法使いの集団には苦戦するし、神殿は何も知らない信者を盾にしたりもする……実際に戦えば、結局最後は倒されるとわかっていた」

「……では、目的とは？」

「笑わないで聞いて欲しいんだけど……。どうも、私の父親もどっかに封印されてるらしくって」

「……ん？」

「私は父親のこと、覚えてないんだけどさ」

父親が封印……？

「つまりね、あの島で大人しく暮らすなら父親と会わせるって騙《だま》されたわけなの。それで、ノコノコ出向いていって、あのザマ」

なんでもないことのように話すステイシーだが、これは――

「それで何百年も封印されちゃったから、さすがに父親のことは諦めたわ。たぶんもう死んでるでしょ。能力はまだ健在みたいだけど、どんな手を使ってんだか……。仮に生きていたとしても、もう人間の姿をしてないんじゃないかな」

誰かに聞いてもらいたかったのか、半分ひとり言のように呟《つぶや》くステイシーだが……。

「その……父親って、どうして封印されたんです……?」

知らず、声が震えていた。

そんな偶然……あるわけがない。

「私も、母親から聞いた話だから本当かどうか知らないけど、祝福者が生まれることがまるごと、私の父親の『アラミラの恩寵《おんちょう》』なんだって」

そんな偶然――もし、本当にあるというのなら、それは運命と呼ばれるものだろう。

「それで、神殿に捕まって今でもどこかで監禁されてるんだって。今、冷静になってみたら、なんかみんな嘘《うそ》だったんじゃないかって気がしてくるわ……。あなたも、バカみたいって思うでしょう?」

「いえ……」

そういえば、確かに二人は顔が似ているかもしれない。

「どうしたの？　顔真っ青だけど。ここじゃあ、私無害よ？　あなたに無理やりされたら、全然まったく抵抗できない程度には弱々しいんだから」

すこし寂しそうに笑うステイシー。

彼女もまた、神殿に人生を翻弄された人間なのだ。

「……ステイシーさん。少しここで待っていて下さい」

なら、迷うことなんてない。

俺は村を出た。

真っすぐ走って、アーサーに使ってもらっている家まで来た。

ドアをノックすると、あまり元気のない表情のアーサーが顔を出す。

「カイ君か……。どうしたんだい？」

アーサーは未《いま》だに千年も未来に来てしまったことを引きずっており、島の開拓にもあまり興味がないようである。

おそらく、超高度文明の時代から来てしまったから、港や水道橋などに、さほど興味がないのであろう。灯台を建築している時と、カエデのマンティス号を動かしている時だけは、見物に来ているのを見かけたが。

「アーサーさん。ちょっと質問させてほしいんですが、あなたの娘さんって、なんて名前だったんですか？」

「娘……？　アナスタシア？　ステイシーではないのか？

アナスタシアだが……」

――いや、彼女は「それ以外の名前は捨てた」と言っていた。

「ステイシーという名前に聞き覚えは？」

「……ッ！　それは妻が娘を呼ぶときの愛称だよ。僕は別の愛称がいいなんて言って、ケンカしたこともあったっけ……。でも、どうして君がその名を……？」

「最後に会ったのは、彼女がいくつの時でした……？」

「四歳の時だが……」

その歳《とし》なら、父親のことを覚えていなくても仕方がないかもしれない。

なにより名前がビンゴだ。だが、会わせる以上「人違いでした」では済まない。アーサーにとっても、ステイシーにとっても。

まあ、状況証拠的に、人違いである可能性はかなり低いが……。

「あ、四歳ならば、すでに聖印が出ていたのではないですか？」

「聖印……？　ああ、おしるしのことか。いや、出ていなかった。おしるしは年齢差があるから、早い子は二歳くらいから出るし、遅い子はもっと後に出る。しかし、なぜ……？

あの子はアラミラの使徒だったのか？　それとも、祝福者……？」

「髪の色は？」

「髪は妻に似た綺麗《きれい》なスミレ色でね。きっと、とても美人に育ったと思うんだよ。一目でいいから見てみたかったな……」

髪の色もビンゴだ。聖印は出ていなかったようだが、アーサーが言うように個人差だろう。状況、名前、髪の色。もう間違いない。

「……じゃあ、会いに行きましょうか」

「え……？　カイ君、君はさっきからなにを言って――」

この再会が二人にとってどんな意味があるのかはわからない。

もしかしたら、悪い方向の何かが起こる可能性もある。

ずっと離れ離れの二人。父親は、四歳までの娘しか知らないのだ。

それでも彼女は父親を捜していたのだという。能力を駆使して、一人で。

俺がアーサーを見つけたのも、彼を助け出したのも、すべて偶然に過ぎない。

だが、もしも運命というものがあるのならば、ここで二人を会わせろと言っているのではないかなと思う。

俺はアーサーの手を引いて、開拓村に移動した。

アーサーは戸惑いを隠せぬ表情のままだ。状況を理解しているかどうかすら怪しい。

急に娘に会わせるなどと言われて、すぐに信じられないのも当然かもしれない。彼の暮らしていた時代から千年も経過しているのだから。

ステイシーは、外のベンチで髪をいじりながら物憂げに待っていた。

「彼女です。アーサーさんの知っているころより、ずっと大人になっていると思いますが」

「……………そんな……これは夢なのか？」

アーサーが絞り出すように呟《つぶや》く。

横顔を盗み見ると、彼は目にたくさんの涙を溜《た》めて、今にも零《こぼ》れ落《お》ちそうだ。

俺には子どもがいないから、彼の気持ちが理解できるとは軽々しく言えない。だが、神殿によって人生を翻弄されてきた彼にとって、これは奇跡に等しいものだろう。

ステイシーも、こちらに気付いて顔を上げた。

その視線は、驚きの表情と共に、俺の隣に立つアーサーに吸い込まれていた。

ステイシーと視線を合わせたアーサーもまた瞳を揺らし、言葉にならない呻《うめ》きのような声を喉から漏らした。

そして、アーサーは引き寄せられるように、遠慮がちに距離を詰める。

ステイシーもまた、よろめくように立ち上がった。胸に腕を押しつけて、脚を震わせる姿は、普段の気丈さからは想像できないほど弱々しい。

アーサーは、一歩一歩、なにかを噛《か》みしめるように歩を進めていく。

ステイシーは、不安げにそこに立《た》ち竦《すく》み、自分の下へ歩み寄る父親を見つめている。

実際の距離は、三〇メートルもなかっただろう。

だが、ずっと会えずにいた二人にとっては、文字通り時空を超えた距離なのだ。

本来なら再会できるはずのなかった二人が、ゆっくりと——その千年の時を縮めていく。

「……ナーシャ……？　ナーシャなのかい……？」

震える指を控えめに伸ばし、震える声で問いかける。

「パ……パパ………？　ほんとうにパパなの………？　でも、その名前で呼ぶ人なんて……パパ以外——」

ナーシャとは、アナスタシアのもう一つの愛称なのだろう。

ステイシーの瞳から大粒の涙がこぼれ落ちる。

遠慮がちに伸ばされたアーサーの指を取る。

「ナーシャ……。ナーシャ……。パパはもう君とは二度と会えないって……う、ううう」

「うん……。私も……。でも、ほんとうなのね？　ほんとにパパなのね？」

「パパはパパ以外いないよ。ナーシャは大きくなっても変わらない。あのころと同じ、天使のままだよ」

「パパったら……バカ言って。もう私、千歳を超えているのよ？」

涙を流しながら笑い合って抱き合い、二人はその場に崩れ落ちるように座りこんだ。

長い期間会っていなかったなら、お互いを親子だと認識するのは難しいのでは……？　と思ったが、肉親であることに理由は必要なかったのかもしれない。

俺は抱き合い嗚咽《おえつ》を漏らす二人を、少し離れた場所から見ていた。

「……まさか、こんなことあるなんてね。カイも泣いていいんだよ？」

いつのまにか俺の横に来たエネルが言った。

「すでに泣いてるよ」

あれだけクールっぽかったステイシーが嗚咽を漏らす姿に、俺も目頭が熱くなってしまった。どんなに強い人でも、人同士の繋《つな》がりをなくして生きることなどできないのだ。

「アーサーさんのことは、本当にどうしようかって思ってたんだ。彼の傷を癒《いや》す方法なんて、わかんないって……。それこそ、時が解決するのを待つしかないんだろうなって。でも、神様ってのはいるんだな。これが、アラミラの思《おぼ》し召《め》しってやつなのか」

二人の再会は、奇跡と言ってしまって差し支えないものだろう。

あの二人が、出会ったことによって、神殿にされたことを無かったことにできるわけじゃない。だけど、もう一人じゃない。家族がいる。

俺も、十二歳で捨てられた時、もし離ればなれになった家族がいなければ、島で一人で生き抜くことはできなかっただろう。どこかで諦めてしまっていたんじゃないかと思う。

アーサーは生きる希望を失っていた。ステイシーもその瞳に空虚以外のものを映していないように見えた。その二人が今、家族と再会したことで、前に進める。人生に希望を持つことができるかもしれない。それは、なにより素晴らしいことだ。

「次はカイの番だね」

「そうだな。うちの親父《おやじ》も元気でいるといいんだが……」

「三年半だっけ？　私もカイのお父さん、会ったことないんだよなぁ。楽しみだ」

「ふふ。父親には紹介しなきゃならない人が多くて、大変だな」

「そこはカイの人徳なんだろうね。ま、お嫁さんの多さに引かれないといいね」

「そこは追々説明するようにするよ……」

しばらくして、泣《な》き止《や》んだ二人は、見たことがないような笑顔を見せてくれた。

そして、親子だから二人で暮らしたいけれどいいかと頼まれた。

俺はそれを了承して、ステイシーの『移住』を解除した。

これからは、失った父親との生活を少しずつ取り戻していきたいのだという。

神殿によって人生を狂わされた二人が、少しずつでも本当は得られるはずだった幸せを取り戻していけるよう、俺もバックアップしていきたい。

エピローグ

「変わんないな……この辺り………」

「そりゃ、三年くらいじゃあ変わんないよ、お兄ちゃん」

「そういうもんかな」

俺とルキアは、故郷へ戻ってきていた。

二人で祝福の儀式を受けた（俺は厳密には受けてないけど）街の港まで船に乗り、そこから先は馬車の旅だ。

それなりに時間が掛かってしまったが、兄妹《きょうだい》水いらずで悪くない旅路だったと思う。思い出話に花が咲いた。

俺たちが暮らしていた街は、ラベルダ王国の中でも、中堅の都市である。暮らしていたころは、あまり意識していなかったが古い街並みだ。

もしかしなくても、魔法文明時代から続く街だったのだろう。

それにしても、俺たちが離れる前と何も変わらない。

まるで、時が止まっているかのようだ。

「……マスタ、もう到着？」

「ああ。アビスも護衛ありがとな」

「……うん。ぜんぜん危なくなかったけどね」

兄妹《きょうだい》水いらずと言ったが、護衛としてアビスにも付いてきてもらっていた。そうでなくても、親父《おやじ》にはアビスのことを一番に紹介したかったというのもある。

「……ここがマスタと妹ちゃんの育った街なんだね」

「そうだよ。祝福の儀式まで、ろくに外に出たこともなかったな」

「お兄ちゃんは不良だったから、学校も全然来なかったし、わりと一人で冒険してたと思うけどー？」

「いや、一人で行ける距離なんて、たかが知れてるから」

そんな、世間話をしながら古い街並みを歩く。

俺とルキアとアビスは、フードを深く被《かぶ》った旅装束姿で歩いているため、それほど目立つ感じはなさそうだが、この辺りは観光客などはほとんど来ない地域。怪しい奴《やつ》がいるなどと通報でもされたら面倒だ。あんまり、うろうろせず目的地へ行かないとな。

「この時間だったら、もうパパ戻ってるかな」

俺とアビスと三人きりの長旅だったからか、ルキアの口調がまた子どものころのものに戻ってしまった。まあ、故郷に戻ってきているんだから、仕方ないけど。

「特別な仕事がなければ、いるはずだけど」

親父は光の神ルークスの祝福者だったから、日が暮れてから仕事を頼まれて神殿に戻ることも多かった。

だが、だいたいいつも夕方前には戻ってきていたので、今の時間なら家にいるだろう。

「心臓がドキドキしてきた」

「私も……。触ってみる？」

「そういう冗談言うとホントに触るぞ」

「はーい、どうぞ」

わざとらしく腕を寄せて胸を強調するルキア。

こりゃいかん。ユーリによる矯正はいまいち上手《うま》くいっていないようだ。

「もう、そこの角を曲がれば見えるぞ……」

前世で、こういうシチュエーションの物語ってけっこう何度か見た記憶がある。

角を曲がると家がなくなって更地になってたりとか——いや、やめよう、イヤな想像は。

頭を振り想像を打ち消して角を曲がると、俺たちの実家はちゃんとそこにあった。

島に捨てられた時、何度も夢に見た、石と木で作られた古い家。

瞬間、目頭が熱くなって、涙が溢《あふ》れてくるのを止められなかった。

——もう戻れないと思っていた。

戻れることがわかってからも、自分がこんな気持ちになるなんて思わなかった。

――本当にこの三年半でいろいろなことがあった。

十二歳の時に祝福の儀式の最中に拉致されて、絶海の孤島に捨てられたこと。

アビスと出会ったこと。レンや戦士君たちの誕生。島でのサバイバル。

一年が経《た》った春、神殿の船で俺と同じアラミラの祝福者であるカエデが島に連れてこられたこと。そのときに、島を開拓することを決めたこと。

サラとユーリ、近衛《このえ》隊のみんなとの出会い。ファウゼルと初めて会ったのもその時で、まさか仲間になるなんて、その時は想像もしていなかったな。

そして、翼人《よくじん》たちとの出会い。リーベルの能力にはずいぶん助けられた。

カエデの実家を探しに出て、なぜか父親であるエドワードと戦うことになったこと。

時の祝福者であるローザが島に捨てられて、それからあれよあれよと神殿の総本山まで、ルキアを救いに行ったこと。

守護聖人《せいじん》アーサーから、この世界の秘密を聞いたこと。

ギリギリのところで、ルキアを助け出すことができたこと。

島を開拓して、ファウゼルの実家である侯爵家と友誼《ゆうぎ》を結ぶことができたこと。

それ以外にも、語り尽くせぬことがたくさんある。

いろいろな人に助けてもらった。

エネル、コロモ、シエルにもたくさん助けてもらった。

『てのひら開拓村』の能力がなかったら、ここまで戻ってくることは絶対にできなかった。ルキアだって助けられなかっただろう。

アーサーとステイシーの再会と同じくらい、俺とルキアがここに立っているのは、たくさんの努力と奇跡が結実したものだと言えた。

「……マスタ。大丈夫？」

「ああ、ちょっと――感極まった」

「お兄ちゃん、平気？　あんまり、ここにいると変に思われるかもしんないし、行こう」

「そうだな」

ルキアは、二年間の修道女時代には手紙のやりとりをしていたからか、懐かしさこそあれ、そこまでの感慨はないらしい。

いよいよ、家の前まで来た。

親父《おやじ》は中にいるのか、それとも留守なのか。少なくとも庭には出ていないようだ。

サプライズで帰るのってどうなんだ？　今更、そんなことを考える。

事前に手紙を出しておけばよかったが、親父宛ての手紙だと検閲が入る可能性もあると思って、送っていなかった。だが、それは余計な心配のしすぎだっただろうか。

「ほーら。行くよ。お兄ちゃん、緊張してるの？」

「してる……。だって、俺って死んだと思われてるだろ、絶対」

「だったら、なおさら元気な姿見せてあげなきゃでしょ！」

ついまごついてしまう俺の背中を叩《たた》き、ルキアは躊躇《ちゅうちょ》なく扉を開いた。

「ただいまー！」

大きな声で帰宅を知らせるルキア。

俺とルキアとアビス。三人で玄関の中に入り、扉を閉める。

中に入ってすぐに感じる、懐かしい実家の匂い。

玄関の壁に飾られた、ルキアが小さいころに家族を描いた絵。

毎年の成長を刻み付けた柱。

この家は、それほど広い家じゃないから、玄関の先はすぐに居間になっている。

そこには家族で食事をする為《ため》の少し大きいテーブルがあって、ルキアなんかは学校の勉強をそのテーブルでやっていたものだ。

その居間のテーブルの前。

椅子に腰かけて、驚いた顔でこちらを見ている父親の姿があった。

「……カイ？　ルキア？　二人なのか……？　ほんとうに……？」

力なく立ち上がり、よろよろとこちらに向かってくる親父《おやじ》。

俺の記憶にあったころよりも、少し老けたし、痩せた。

目にたくさんの涙を溜《た》め、震えながら立ち上がるその姿に、ステイシーと再会したときのアーサーの姿がダブる。親父にとっても、俺とルキアは「もう二度と会えない」、失ってしまった子どもだったのだ。

「パーパ。オバケじゃないよ？　ルキア・ハスクバーナ！　元気に帰還しました！」

ピシッと神官式の敬礼をするルキア。

妹は俺より離れてた期間が短いからか、ちょっとふざけるだけの余裕があるようだ。

俺は、いろいろな想《おも》いが込み上げてきて、まともに返事もできない。

「カイ……。お前は死んだと聞かされていた……」

「うん……心配かけて、ごめん。……もっと早く帰ってくればよかった」

「ほんとに……いつのまに、こんなに大きくなって……」

遠慮がちに俺とルキアの頬《ほお》に触れる指先が震えている。

「パーパ、私のことはどう聞いていたの？」

「ルキア……、君も特別なお役目で……殉教したと思えと……遺体も戻すことはできないと言われていたんだよ」

「ひどい話ね！　とんだ嘘《うそ》っぱちだわ！　まあ、でもこうして戻ってこられたから！」

やはり神殿は無慈悲だ。お役目といえば、なんでもありだと思っているのか。

「カイ……ルキア……。二人とも……生きて……生きてたんだな……。生きてた……！

お、おおおぉぉぉぉ…………おおお……」

俺とルキアを抱きしめて、嗚咽《おえつ》を漏らす親父《おやじ》。

「……ただいま。生きて……帰ってきたよ。父さんが驚くこと、たくさんあったんだ」

「私も、お兄ちゃんが助けてくれなかったら、ほんとに殉教するところだったんだよ！」

俺たちはしばらく抱き合っていた。

親父がたった一人で暮らす家は、俺の記憶にあるときと、不自然なくらい何も変わっていなくて、それが俺たちの親不孝を感じさせた。

俺もルキアも大変な目にあっていたのだけど、でももっと早く来るべきだったと、父親の嗚咽が胸を締め付けるのだった。

「詳しく……聞かせてくれるかい？」

「もちろん。……父さんには、ちょっと信じがたい部分もあるかもしれないけれど」

少し落ち着いてから、テーブルに座り話をした。

親父は神殿——ファーレー教の神官だ。だから、俺たちの顛末《てんまつ》を話すのは少し躊躇《ちゅうちょ》した。

あるいは、彼は何も知らないほうが幸せなのかもしれない。今更、神殿の実態を知ってどうなる？　という気もする。

だが、話さずにはいられなかった。

俺だけじゃない。ルキアだって被害者だったのだから。

話している間、親父《おやじ》は何度も「信じられない……」とか「まさか……」と言いそうになり、しかし何も言わず口をつぐんでいた。

実際に三年半も俺は行方不明になっていたのだから、嘘《うそ》なんか言っても仕方がないと、親父だってわかっているのだろう。

だが、明らかに彼の表情には葛藤が浮かんでいた。

今まで、信じていたものの本性を知らされるのは辛《つら》いだろう。

さすがにアーサーのことだけは喋《しゃべ》らなかったが、それでも話し終えた時にはもうすっかり日が落ちて、夜になっていた。

「ところで、カイ。そちらのお嬢さんは？」

「ああ、彼女がさっき話した、島で俺の命を救ってくれた子だよ」

アビスのことは、説明が難しいと思って、紹介を後に回していた。

「彼女の見た目のことで、ちょっと驚くかもしれないけど、見た目だけのことだから騒がないで欲しい。アビスもフード取って」

「……ん」

アビスがその白い髪と角を表に出すと、親父はさすがに驚いたようで目を見張っていた。

だが、すぐに表情を和らげて、握手を求めてくれた。

「カイを助けてくれて、ありがとう。私はカイの父親のオットー・ハスクバーナ。君は、アビスちゃんというのかい？」

「……うん。アビスです。マスタは、私のこと家族だって言ってくれたから、お父さんも家族……。それでいい？」

「カイ？　そうなのか？　つまり彼女と祝言を……？」

ちなみに今のアビスは大人モードである。

「そうだね。そうとってもらってもいいんじゃないかな」

「お兄ちゃん、ぜんぜんハッキリしないから。例の期限まで、あと半年しかないのに」

すでに俺とファウゼルの妹であるフィオーナさんとの婚姻は決定したことだ。

なので、島ではそれまでに、島の女性たちとの婚姻についてハッキリしろとせっ突かれているのである。まあ、俺だって男だ。その気はある。

ただ、今日のこの帰郷が済むまではと、少し待ってもらっているのだ。

しかも、誰が「一番」かを決めろと、ユーリから宿題まで貰《もら》ってしまっている。

「本来選べるようなもんじゃないけど、誰が一番かみたいな話なら俺はアビスを選ぶよ」

「なるほどね。ま、アビスさんなら、私も文句ありませんけどぉ～」

ルキアはユーリと謎の戦いをしているので、ユーリが一番と言ったら怒り狂うだろうな……。まあ、俺がアビスが一番と言ったのは別にそれが理由というわけではないけれど。

「……マスタは私が一番？」

「そうだよ。アビスは？」

「……ふ、ふへへ。私もマスタがいちばん好き」

ふにゃっと笑うアビス。基本的に表情に乏しいアビスが笑顔を見せるのは珍しい。

「わっ、アビスさんってそんな風に笑うんだ……。可愛《かわい》いじゃない……」

「そうだな。こんなに美しいお嬢さんが相手だなんて……。カイも知らないうちに年頃になっていたのだね」

儀式から三年半だ。もうすぐ十六歳になる。

この世界では、そろそろ結婚してもおかしくない年齢だ。そもそも、十二歳で祝福の儀式を受けるのだって、十二歳で半分大人の扱いになるからなのだから。

「……そうか。もう――二人は大人なんだな」

親父《おやじ》はそうしみじみ呟《つぶや》いたあと、居住まいを正した。

そして、大事な話があるから聞いて欲しいと言った。

◇◆◆◆◇

親父の話の内容は、俺――いや、おそらくルキアも予想が付いていたことだった。

それは、俺たちの出自についての話。

俺とルキアの二人が、拾われ子で本当の子どもではないこと。

二人が儀式の後の修道士生活を終えて、正式に神官となる時に話すつもりだったこと。

けれど、こんなことになって話せずにいたこと。

血の繋《つな》がりはないのだから、これからは巣立ちをして、自分のことは気にせず自由に生きてくれて構わない。

そんなようなことを言った。

だが、俺も……そして俺の記憶を見たというルキアも、知っていたことだったのでショックを受けることはなかった。

俺とルキアは、素直に拾われ子であることを知っていたと話し、それでも親父はかけがえない肉親であり、一生支えるつもりだと告げた。これは、故郷への道すがら、ルキアとも話し合って決めてあったことだった。

その言葉に、親父は涙をにじませながら、俺もルキアも知らなかった事実を告げた。

「私が二人を拾ったのは偶然じゃあないんだ。あのころ、捨て子はそれなりにいたから、誰も彼もを助けられるわけではなかった」

「偶然じゃない……？」

俺もあのころの記憶は実は曖昧だ。

前世の記憶こそあれ、肉体的には二歳児か、あるいは一歳児だっただろう。

父親が偶然通りかかり、俺が一生懸命助けて欲しいと訴えた結果、助けてもらったような気がしていたが、実は元々助けるつもりだったというわけか。

まあ、確かに親父《おやじ》が捨て子だからと助ける性分なら、俺とルキアにはもっと兄弟が多くても不思議ではないのだ。

「じゃあ、父さんは助けるべくして、俺たちを助けたってこと？」

「ああ。実は……理由があったんだ。私の妻の古い友人が道ならぬ恋の結果、子を授かってね。そのことを知られるだけで命の危険があるというのに、彼女はその子を産み育てることを選んだ。実際、お産は上手《うま》くいきその子どもはスクスクと成長したのだそうだ」

これは誰の話だ？　俺か……？　それともルキア……？

「だが、長くは続かなかった。相手側に子どもが見つかってね。妻を亡くしたばかりの私は、偶然、妻の実家であるその国を訪れていたのだが……いろいろあって、私はその子を託されたのだ。そして、捨て子を拾うのを装い、そのままその国を出た」

国を出たということは、そんな長期間の移動があったのだろうか……？

いや、あの時の俺は完全に衰弱していた。記憶が定かじゃない。

「では……その時の子どもが、私かお兄ちゃんなの……？」

「ルキア、君だよ。託された子どもは一人……。そのはずだった。だけど、なぜか小さい男の子がルキアを守るように、そこにいてね。しかも、助けて欲しいと懇願してきたんだよ。それで、二人を連れて私はあの街を出たんだ。二人は覚えていないだろうけれど」

「……じゃあ、私の本当の肉親がどこかにいるってことなんだ……」

ルキアにとっては複雑だろう。

俺については、逆にオマケ感が強まったので笑っていられるが。

「ああ、だがこれも伝えるのが遅かったよ。ルキア、実は……君は、さる王家の血筋を引いているんだ」

「王家……？」

ほう。王家の血筋の者が捨てられて、それを知らずに育つ……か。物語みたいだな。

「だが……その国はつい最近滅んでしまったらしい。こんな場所だと、海の向こうの事情については、情報が遅くてね。本当に遠い国だから……。遠く遠く海を隔てた小国の――」

最近滅んだ小国って……まさか……。

親父はちょっと勿体《もったい》付けて、その国の名前を口にした。

俺にとっては、もしかすると地元よりも馴染《なじ》み深《ぶか》くなった名前。

ルキアも「あー」という顔をして、天を仰いでいる。

いや、似てるなとは思ってたんだ。

髪の色も同じだし、ルキアも彼女に対してだけは妙に突っ掛かるし、彼女もルキアに対しては、なぜか妙に打ち解けていた。

仲が悪いように見えたが、それは逆に仲が良いことでもある。
そして、二人が並んで歩く姿は、姉妹にしか見えなかった。
俺とルキアが兄妹《きょうだい》であるというより、よほど説得力があった。
だからって、こんな話が飛び出すとは予想だにしていなかった。
――ルキアが、ユーリと同じモンディアル王家の血を引いているだなんて。

ALAMILLA'S GIFT
☆☆☆ てのひら開拓村 ☆☆☆
現在のレベルは50です。
村の名前は『ハスクバーナの街』です。
開拓度は『小さな港街』です。
NEXT LEVEL：「総人口2300人」を達成
[村人の数] 2000人
[総面積] 500000㎡
[特産品]【ミカン】【陶器】【刀剣】
【米】【ガラス】new!
[アドバイザーエルフ]【エネル】
【コロモ】
【シエル】
[解放された能力]
【ゲスト】【村の出口(北)】【村の出口(東)】
【種合成】【テレビ】
【スペシャルショッピング】【外遊】
【村の出口(西)】【移住】
【VRゴーグル】new!
もはや村ですらなくなっちゃたんですけど……
こまけぇことぁいいんだよ!!
オサオサ〜♪
オサ!

あとがき

おひさしぶりでございます。作者の星崎崑《ほしざきこん》です！

前巻から九ヶ月ぶり！　大変お待たせしてしまい申し訳ありません。

あとがき、ネタバレあるかもなので本編未読の方は注意です～

さて六巻です！　前巻でいちおうの一段落となり、今回は比較的ほのぼの建国記な話が書けたのではないでしょうか。増えてく嫁な部分も、やる気満々なルキアが参戦したことで、ちょっとした起爆剤になったのではないかなと思います。

それにしても、ルキアは一巻執筆時はこんなキャラにするつもりはなかったのに……恐るべしキャラの自立行動。まあ、それは五巻時点からわかっていた部分ではありますが。

それを言ったらルキアだけでなく、ファウゼルもそうだったりします。

一巻で登場した時の彼は本当にただの用心棒で、物語的にはいわゆるやられ役だったわけです。それが、再登場してこんなにおいしいキャラになるとは想像もしていませんでした。まさか母親まで出てきて主人公の義理の兄にまでなるとは……。

前作であるネトオク男を書いていたときも、キャラが物語の中で動くことは時々ありましたが、こうして動いてくれるキャラは、作者の想像を超えて物語をグイグイと牽引してくれるわけで、ものすごくありがたい存在なんですね。今回も助けられました。

さて、物語もいよいよ佳境です！

絶海の孤島でのサバイバルから始まったカイの冒険も、いよいよ次巻で最後となります。最終巻となる第七巻は、それほどお待たせせずにお届けできると思いますので、少しだけお待ちいただければと思います。

コミカライズのほうも、とても順調で現在二巻まで発売中です！

原作者の私からしても本当に素晴らしいコミカライズで、毎回原稿が届くたびに感動しています。原作を読んでくださっているみなさまも……いや、原作を知っているからこそ、絶対に喜んでいただけると思うので、是非チェックしていただけたらなと思っております。

……それにしても、小説では表現しきれない細部が絵になるというのは、本当に得がたい経験で、ラノベ作家になって本当に良かったです！　ラノベ作家はいいぞ。なろう！

謝辞です。

イラストのあるや先生、今回は特に大変な中、素敵なイラストありがとうございました！　担当編集のT様、MF文庫J編集部のみなさま、本書の製作に関わったすべての方、なにより、ここまで読んで下さった読者方々に最大限の感謝を。

次巻が最後です！　完結まで、是非ともよろしくお願い致します！

MF文庫J

てのひら開拓村で異世界建国記6
～増えてく嫁たちとのんびり無人島ライフ～

2019 年 10 月 25 日　初版発行

著者　星崎崑
発行者　三坂泰二
発行　株式会社 KADOKAWA
〒 102-8177 東京都千代田区富士見 2-13-3
0570-002-001（ナビダイヤル）

印刷　株式会社廣済堂
製本　株式会社廣済堂

Printed in Japan　ISBN 978-4-04-064183-6 C0193

●お問い合わせ（メディアファクトリー ブランド）
https://www.kadokawa.co.jp/（「お問い合わせ」へお進みください）
※内容によっては、お答えできない場合があります。
※サポートは日本国内のみとさせていただきます。
※Japanese text only

◇◇◇

【 ファンレター、作品のご感想をお待ちしています 】
〒102-0071 東京都千代田区富士見2-13-12
株式会社KADOKAWA　MF文庫J編集部気付「星崎崑先生」係　「あるや先生」係